# 阿牛的心

阿牛——圖、文

推薦序

# 點亮他們的心燈吧！

一九七九年，我參與了第一場的慈善音樂會，讓我走上以歌唱來回饋社會的路。二〇〇六年，因為共同關注公益，和先生相遇相知並開始了「婦唱夫隨」的慈善生涯，其中對弱勢族群的關懷就是我一輩子的志業。

最近風靡全球的日本漫畫《鬼滅之刃》，故事中許多人在變成惡鬼之前都有著充滿辛苦與悲傷的童年，例如被棄、受暴或受虐、失去雙親的夢魘……等，但也有相同遭遇的另一批孩子們，因為「主公」的引導而成為具有正義感的「鬼殺隊」。我確信，如果社會上有更多人扮演這個正義的角色，必定能夠使更多弱勢與內心無助的孩子們被治癒，而後健康成長與幸福的生活著。

《阿牛的心》書中的阿牛在童年與少年時期有許多悲傷及痛苦的經驗，甚至被迫離開故鄉，在育幼院無助地哭喊、在寄養家庭門口苦候親人而未見蹤跡的驚慌心情……等等，這種一再遭遇被拋棄的感覺，帶來的傷痛最深，最後宛如受困地洞中的惡夢層出不窮，時時在腦中困擾著他；這個惡夢若不消失，則就有可能成為可怕的心魔，使阿牛也變成恐怖的「惡鬼」。

例如，阿牛從小就有暴力傾向，曾狠狠地把初中同學打到頭破血流，甚至還會說謊、偷竊……等等有著許多霸道及偏差的行為，這些應該都是對成長在惡劣環境的反撲與影響。後半部的書裡有笑聲也有哭泣，阿牛一步步從幽暗的深谷走向光明燦爛的道路，這是我讀完這本書後覺得最值得慶幸與欣慰的事。

在我長期的公益生涯中，發現社會上有太多值得關懷的孩子們，非常需要以愛和耐心來點亮他們的心燈，為社會減少可能出現在各個角落的黑暗與陰影，使他們迎向陽光與新生。而《阿牛的心》是兒童及青少年都適合閱讀的好書，可以深刻體會到對一個人的傾聽與鼓勵是多麼重要的事，使他們更能勇於面對生活中的困境與痛苦；當然，讀者也可以是成年人，期盼這本書能激起他們內心深處愛心的種子，更願意點亮手中的燭光，讓社會充滿正向能量的光芒！

阿牛的好朋友　謹識

二〇二一年，八月

推薦序

# 阿牛的心

阿牛的故事從甲仙開始、歷經流浪、寄養家庭、橫貫公路工寮、育幼院（幼稚園與小學）、中學、直至考上國立大學再回到甲仙找到母親，情節曲折離奇且細膩感人，是其個人親身經歷，亦是大時代之下的悲喜劇，在作者流暢的文筆下，娓娓道來，感人至深，可讀性高。

阿牛自幼常做被人推入地洞的惡夢，顯示他心裡藏著一個失控的內在小孩，是在那個時空下小小的自己，經歷了孤單、貧困、創傷，再透過回溯式的自我對話，表達了焦慮、擔憂、恐懼與滿懷的期待，這種自我表達性書寫（expressive writing），有療癒的效果。

不要邀阿牛洗溫泉，他在北投的育幼院時，只能在溫泉水浴室洗澡，那怕是炎熱的夏天也是如此，而他曾因逃避洗澡被老師用藤條抽打一頓，因此變得不喜歡洗溫泉。其實不論冬天或夏天，泡溫泉都是種享受，何況北投含鐳的青磺溫泉世界少有，深受養生族熱愛。

初中同班高鼻子學生會在班上及火車上挑釁阿牛，最後阿牛打得他低頭哀號鼻孔流血，以後見到阿牛就閃得遠遠的，連眼光都避開。類似經驗我也有，曾單挑班上混萬華的一位同學，只是我輸了，但從此他就不再來騷擾我，我讓他知道除了會讀書外，我必要時也會反抗。

面對霸凌問題，建議家長剛開始讓孩子自己設法處理，只要關心過程，到必要時才介入，讓孩子有學習成長的機會。

阿牛的上一代，老牛、老陶與溫姨，三角戀情的恩怨情仇，是大時代的小人物，卻屬於他們個人的大故事。內人李老師聽我說故事簡要，她感覺其情節與之前八點檔連續劇《大時代》頗為雷同，因此她還問說，該劇是不是阿牛有參與編劇？

讀大學時班上男生常以羅曼羅蘭的名言解嘲：「這個世界構造得不好，愛人的不被愛，被愛的不愛人，愛與被愛總是要分離。」也是佛說人生八苦中的「怨憎會，愛別離，求不得」三苦。人生本是一場戲，恩怨情仇莫嘆氣，聚散離合都是緣。

國立臺北教育大學副教授　周天賜（退休）

推薦序

# 我和阿牛等院童組成了三劍客

一九四九年蔣介石帶殘餘部隊退守臺澎金馬，大批軍人為國捐軀，留下許多遺孤，若干育幼院由此誕生。

一九六一年初我進入北投的一家育幼院，阿牛是我學長。我因不通國語所以在院內花了一個學期時間邊玩邊學語言，到正式入小學三年級，才和阿牛分在同組，住在同寢室，由一位老師帶領。

老師照顧學童的吃喝拉撒，甚至包括剪指甲、掏耳朵等這種瑣事，挺累的，可是沒聽老師抱怨過。大家睡的上下舖鋁床，雙併在寢室兩側。每天清晨起床第一件事就是摺被與鋪床單，然後盥洗。

我的床和阿牛相鄰，但因為靠窗而較為倒楣，老師要求我每天洗完臉後端水去擦洗窗戶，若檢查不及格，會受到處分。院方在各種節慶當天的中餐為院童加蛋或肉，受到處分者則無法享用，那比挨藤條打還難過。所以我很愛我的窗戶，每天擦得光亮，不留一絲灰塵。

老師檢查完內務後排隊進餐廳吃早餐，主食多半是饅頭與稀飯，配菜不是豆腐乳就是某種醬菜，運氣好時有花生米。做饅頭的麵粉來自美援，我們先吃滋生黑甲蟲的舊麵粉，吃完了，新來的也長蟲了，所以幾乎天天吃有蟲的饅頭。廚工老楊說那是營養蟲。

早餐後院童在育幼院小操場升旗臺前排隊唱國歌升旗，聽院長訓話然後出發去院外的小學上課。到學校後又要參加一次朝會，同樣唱國歌與升旗，再聆聽一次訓話。每天早上唱兩遍國歌升兩次國旗，沒人比我們更愛國。

阿牛不知從哪裡學來的畫畫才藝，超愛秀，在育幼院晚自習，他常教我畫兩筆，畫不過癮，寢室熄燈後我們繼續躲在被窩裡打開借來的手電筒來畫，常悶到出大汗才睡覺。這段時間我和阿牛培養出至深的感情。

後來阿牛、我和本書中那位頑皮的院童劉國明組成了「三劍客」，小有名氣。五六年級時發育快吧，肚子特別會餓，我們就溜出去偷採水果。當時有許多日式房子，院子內的木瓜樹常種在牆邊，高過牆頭的金黃色瓜果很誘人，我們倚著牆一人踩上另一人肩膀就能輕鬆採到手。

有一次木瓜吃多了嘴巴周圍皮膚紅腫且奇癢無比，回育幼院醫務室給護士擦藥，護士問我們吃了什麼，誰也不敢說真話。過兩天嘴巴康復，三劍客又爬牆出去偷摘水果充飢了。

院童上初中後必須離開育幼院，驪歌聲中三劍客中的兩劍離我而去，在患難中建立的感情有如輕煙消失。沒想到約四十年後某日，我家門鈴響了，老婆去應門，有人問道：「這裡是林明東的家嗎？」原來是阿牛透過育幼院的通訊錄找到我，我們再延續了童年的感情。

讀完《阿牛的心》，才瞭解他坎坷的身世。上一代的問題糾纏他大半生，此刻已歸平靜了吧！那個年代，育幼院院童的命運大都好不到哪裡，都是無情戰火下的不幸兒，希望臺灣遠離戰爭，不再讓悲劇重演。

林明東

自序

# 多關懷社會的小可憐們

聲樂家簡文秀真是個感性十足的大好人，近三十年前，我在報社任記者時，報導她參與的一些音樂會活動，今天再拜訪時，她立即同意為我的書寫序，滿足了我要利用名人促銷的渴望。

《阿牛的心》屬自傳式的小說，時間跨度大，情節曲折且場景多樣。內容來自親友的口述與我的親身經歷，以趣味與感性為主要訴求，具體而微地表現了有情眾生的友情、愛情與親情。

年幼時我被親生父母拋棄，被迫離開故鄉，跟養父浪跡天涯，期間受困於寄養家庭與育幼院，那種一而再、再而三哭喊而得不到回應的感受，有如身陷孤立無援的地洞中，成為我人生的夢魘。

回顧成長的崎嶇歷程，承蒙上天的眷顧，我沒有走上歧途。然而，不論是在採訪報導或在補習班工作，都讓我看到，今天有太多小朋友的遭遇比「阿牛」更糟而前途堪慮，這些小可憐應得到更多的關懷。

謝謝簡文秀的大力支持，也謝謝為我寫序的好友周天賜。我中學時代住在當時有黑鄉之稱的臺北南港，他是我的好鄰居。跟我一樣，他也出身於農家，但努力求學，由小到大成績一直十分優秀，成為我學習的對象。

另外要感謝和我在育幼院一塊兒長大的林明東，我們至今仍是很要好的朋友，他在序文中補充了一些院內生活，生動而有趣。最後要感謝負責校對與提供許多修正意見的妻子與兒子。

妻子就是書中那位在芭樂樹下向我揮手的「阿珠妹妹」，在自我療癒的過程中，她如同心理醫生，是助我人生能倒吃甘蔗的幸運女神。

# 目錄



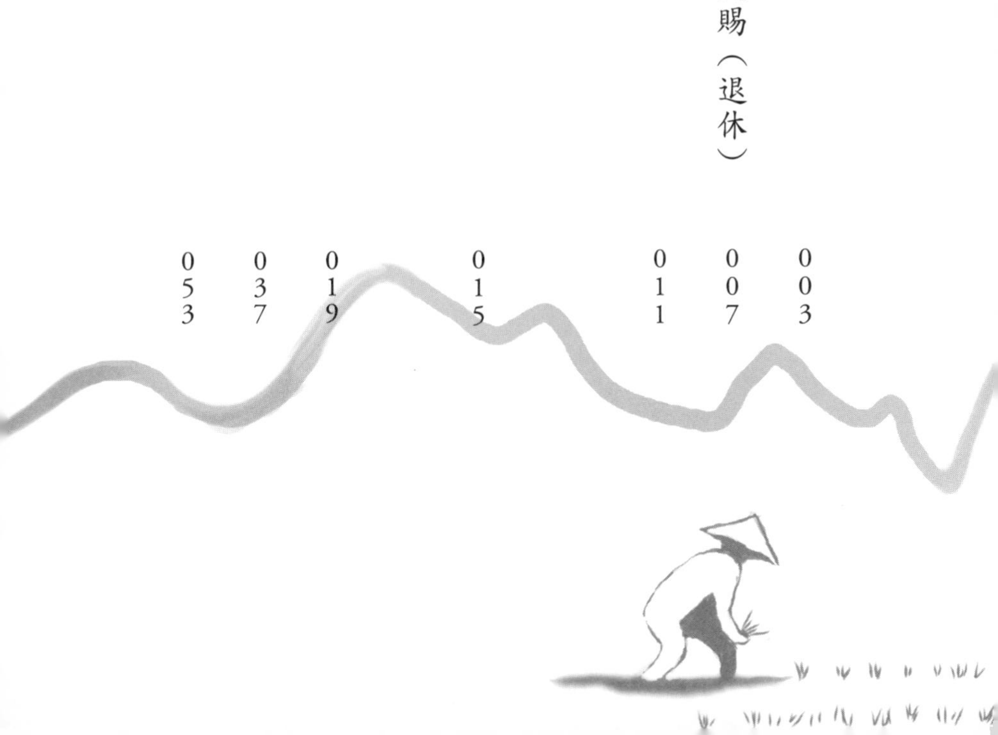

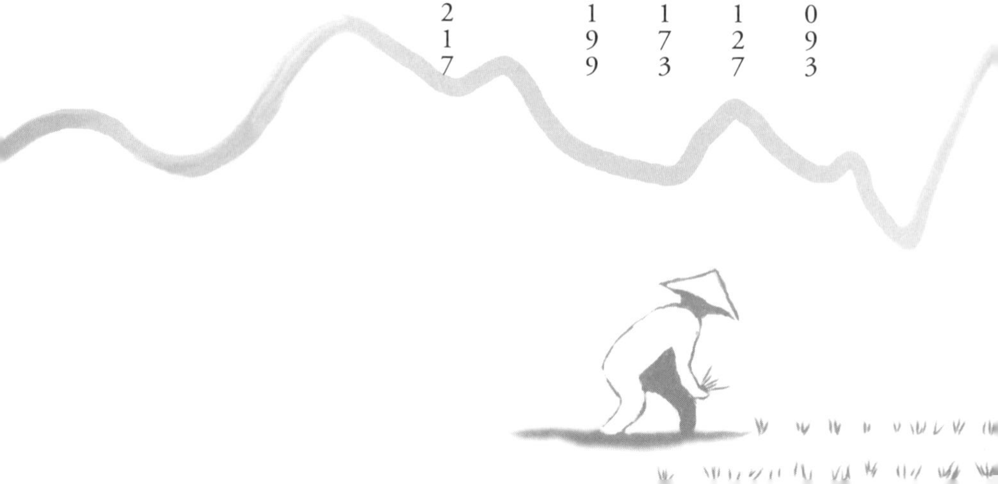

# 高雄
# 甲仙大田村

我才三四歲大時，某晚獨自在星月微光下，蹣跚地走在茂密的甘蔗田中，突然身後出現一個人影，將我推入一個相當深的地洞。我想脫困，但手搆不到洞口，怎麼努力也爬不出來。

在漆黑中，我抬頭高舉雙手拚命求救，終於有若干晃動的人影靠攏過來，圍住洞口，但如尊尊神情木然的塑像，望向我的眼神，漠然而空洞，完全無視於我的存在，氣氛異常詭異，令我心寒又驚恐不已。

我繼續掙扎，往上攀爬與呼救，可是，甘蔗田四周的冷漠以及無情的寂靜，吞噬了我所有的努力，最後我手腳癱軟，放棄喊叫。我會困死在這地洞嗎？

這個惡夢，每隔一段時間，就會在我入睡後，像鬼魅般似幻似真地出現在腦際，一直困擾我到成年。我慢慢瞭解，這個夢醞釀於我的晦暗童年。

我是農家之子，在高雄甲仙鄉大田村的茅草屋內出生，那裡山川秀麗，田園如畫，並沒有會困住小孩子的地洞，倒是在我很小的時候，就把覆蓋了大片土地的甘蔗田，當作幽暗陰沉的森林區，認為它深藏了許多不祥的事物。

有一次若干小朋友進入濃密如迷宮的甘蔗田中捉迷藏，有個男孩躲到太深的地方，找不到出來的路，哭喊到快沒力氣了，才被大人救出來。

不久，發生更嚇人的事件，有個農夫工作時發現蔗田內有個屍體，自殺或是他殺的各種說法很快傳布全鄉，最後警察趕來弄清楚了，原來是個棄嬰，死在裡面好久了，真可憐！

於是媽媽一再嚴厲地警告我：「阿牛，不准你到蔗田裡面玩！一不小心，你會困死在那裡！」甘蔗田深不可測，只要稍微靠近它一點，我都有點擔心會有怪東西突然竄出來。

媽媽溫春妹是溫家的小女兒，我是溫春妹的大兒子，出生後阿公為我這個外省囝仔，取個小名「阿牛」，成為溫姓大家庭的第三代。

迎接我來到世間的是個客家村落，中央山脈由北綿延而來，在此圍成一個狹長的谷地，陡峭岩壁位於村落的東邊，大河穿流其下，水量少時，河床裸露出大片崎嶇的石塊。

當地人為開闢耕地而與水相爭。他們在河邊沖積土上開墾，努力把石塊一一挖出來，堆在四周作為田埂，引水灌溉田埂間貧瘠的土壤，成為可以插秧的水田。較乾旱的地方則闢為蔗田，種植外皮色澤紫黑的紅甘蔗與呈淺綠色的白甘蔗。

農家賴以維生的水田與蔗田開闢日多，一條彎曲僅容自行車通行的泥徑串連了竹林、瓜棚、水塘、龍眼樹、芋頭園、菜園等，而幾間用茅草與泥巴搭建的農舍，也靠這條小徑往來，形成以溫家為中心的村落。

年幼的我常到田旁邊觀看爸爸與溫家人並肩工作，有時就在田邊的亂石中玩耍。堆疊石頭玩膩了，就往河水扔小石頭，也可以把較大的石頭當作溜滑梯，爬上再滑下，我偶爾會被石頭絆倒，幸都無大礙。

我的爸爸牛文，原本是個軍人，隨國民政府由中國大陸遷臺後不久退伍，年近三十，兩手空空地逛到甲仙，發現仍有墾荒的機會，打算在這裡落地生根，於是一邊學客家話一邊下田，後來跟溫春妹結婚，成為溫家的一員。

村民生活簡略而單調，我的出生為村落注入一些新氣息與歡笑。親戚們經常輪流抱著逗弄我。會走路後，我越來越不受拘束，把整個村落當作遊戲場，到處蹦蹦跳跳，經常和鄰居的小朋友穿梭於牛棚、豬舍與鴨寮，或在農舍間東躲西藏。

我三歲多才剛開始會說一些話，一看到阿公，就連聲呼叫「阿公」，張開雙臂要求抱抱。阿公是大家族中的家長，特別疼愛我這個外孫，常用客語對著四周親人說：「阿牛長相福氣，方頭大耳，未來一定非常好命。」

我滿懷幸福地過日子，哪裡會料到坎坷的命運，即將降臨。

某天午覺醒來，媽媽不在旁邊，柴門半開，讓陽光灑了進來。矇矓中聽到戶外有三位女性親戚正在聊我的事情。

「孩子都要四歲了，春妹就是不講清楚，到底是姓陶的還是姓牛的，可把那姓牛的氣壞了。兩人天天打打鬧鬧，好在那姓牛的脾氣好，即使挨打了也不還手，不然……。」說話的人刻意壓低聲音，向談話對象暗示她說的內容有些敏感。

另一位接著說：「姓牛的跟姓陶的好像原本在同一個部隊。」起初壓低聲音說話的婦女，因別人插話而停頓了一下，接上話後，因情緒激動而突然加大音量說道：「真夭壽！兩人原本是好朋友，今天為了一個女人變成冤家。」

最後一位搭腔的婦女，忿忿不平地「哼」了一聲說：「我家的男人有一次看到那姓陶的，要拿扁擔把他敲死。搶好朋友的太太，令人看不起！」

她繼續提高了聲調說道：「我知道得很清楚，牛、陶兩個同在大陸一個村莊出生，一起長大、上學、當兵，並在戰火中互相幫忙，最後結伴從大陸跑來臺灣，是生死之交，沒想到今天變成仇人。」

大家越講越激動，音量逐漸加大，一聽到我下床唏唏嗦嗦的聲音，交談才突然停止。

我是第一次聽到有個姓陶的這號人物，成為村落紛爭的源頭，但並不太瞭解大人所談的細節，只感到一件有關我的事，正在左鄰右舍傳開來，由於聽起來都不是什麼好事，讓我有點不安。

直到有一天，媽媽突然把我拉到面前，臉上罩了一層烏雲，言詞閃爍地告訴我一個大消息，我才大致明白大人之間在傳些什麼。

媽媽的話拐彎抹角，主要在說明我身邊的爸爸其實並不是真的，說到一半時，媽媽不由自主地激動起來而不得不停住，吸吐了一大口氣，鎮定片刻後，她繼續說：「真的那一位姓陶，因為受到天大的迫害，讓我們父子無法相認。」她話中充滿恨意。

我很用心地聽了以後，有了約略的概念：「唷！原來媽媽所說的真爸爸，就是有人要用扁擔打死的那一個，果然受到很大的迫害，好可憐。」

「可是，爸爸還分真的假的？假的不就變成了壞人？」媽媽的說法令我心情矛盾與迷惘。我一直跟姓牛的父親在一起，對另一位，媽媽提了出來後，我努力捕捉記憶，才感到好像有點印象，但他有如影子，面貌不清不楚，似有似無。

這個影子，身材相當高而戴著眼鏡，偶爾會出現在村落某個角落，但總是遠遠地躲在幽暗處，不知在怕什麼，我心理嘀咕著：「原來他就是媽媽口中的真爸爸，是不是知道有人要提扁擔敲他，才跟大家保持這麼遠的距離？」

這位陶姓男子名陽，恍如從天而降，帶給這個小村落很大的騷動。

媽媽向我透露所謂真、假爸爸的消息後不久，我開始感受到，村落間蔓延著一股神祕又詭異的氣氛，親戚的表情有時變得莫名的緊張，用冷冷的眼神看著我，阿公也不再像以前動不動彎下腰來抱住我親熱一番。

親戚的疏離與周遭冷漠的氣氛，令我十分焦慮，又不敢開口問周圍的人：「到底發生了什麼事？我哪裡有問題？」我隱約地感到，我變成了棘手人物，大家不知如何處理，只好有意無意地離我遠一點。

我的心情一天天消沉、沮喪，陷入憂鬱與焦躁，感到自己出生與成長的地方竟然變得越來越陌生，隨時擔心有什麼變故會發生在自己身上。

我惶惶不安地度過了一兩個月，果然，最令我心痛又驚恐的事情發生了，有一天媽媽竟然要我跟著她所說的假爸爸離開甲仙。

爸爸似乎已接受了這殘酷的既成事實，神情落寞地望著我，說話語氣乾澀，像機器人發出的聲音：「媽媽喜歡上了別人，不要我，也不要你了。」

平淡寥寥數語對我有如晴天霹靂。我心中不斷吶喊：「親生父母不會不要子女的，就算是媽媽萬不得已不要我，那個真爸爸也不應放棄的！」

我頓時感到天旋地轉，頹坐在農舍前的曬穀場，昂起頭來，用求助的眼神搜尋阿公等親戚，人人不知去向，我連忙站起來跑去媽媽一個人住的小屋找她，也看不到她的蹤影。我如摔進漆黑無涯的深淵，哭泣、抽噎、徬徨等，隨之而來。

爸爸跟媽媽的關係一直如同水火，爸爸很早就被迫搬到隔壁房間住，但依舊天天爭吵。有時會看到爸爸從屋內竄出來，媽媽在後面提著掃把追打。終於有一天媽媽乾脆自行搬去靠村落外圍新落成的小屋，決心跟爸爸斷絕所有關係。

我原本跟著媽媽搬到這間新的小屋住，在媽媽「不要我」之後，我晚上回到我出生的老房子跟爸爸同睡，但是，只要天一亮馬上就跑去找媽媽，經常因為撲空而蜷縮在角落掉淚。

媽媽口中的真爸爸一直沒有出現在我眼前，始終只是個模糊的影子，於是我自行認定身邊的爸爸就是真正的爸爸，因為只有他伸出手拉住了我，有如大海中的浮木，他成為我唯一的依靠。

向甲仙道別的日子終於來臨，爸爸提了一個大帆布袋，裡面大概是父子兩人全部的家當。我們低著頭走在田間羊腸小道上，無人送行，平日總有若干人在工作的一畦畦稻田，頓時也變得空盪盪的。

那天陽光普照，草木如往常一般蒼翠茂盛，但父親滿臉陰霾而眼神呆滯，而我內心淌血地想：「這是真的嗎？我真的要離開了我的故鄉？大家真的不要我了嗎？」我依舊處於朦朦朧朧的惡夢中，感到一切是那麼的不真實。

離鄉前，爸爸要我先去跟媽媽說再見。

媽媽的小屋，跟村落其他的農舍一樣，四周有一些茂密的樹木。爸爸遠遠地躲在一棵較大的樹後，用手指一指方向，神情苦澀地說：「媽媽就在裡面等你，你就自己進去吧！」

我心想：「爸爸被媽媽打罵到怕了，常常一看到媽媽就避得遠遠的，他要我自行前往媽媽住的小屋道別，必然是出於無奈，不得不這樣做。」

媽媽的小屋柴門半開，木窗不知為什麼沒有用棍子撐起來，裡面十分陰暗。那時鄉下家家戶戶使用煤油燈，有的掛在天花板下，有的附有握把可放在桌上，一般能省則省，白天多半不點亮。

我踏上數個石階，穿過門，走進陰陰沉沉的屋內，看見媽媽蹙著眉，坐在桌旁，一隻手臂無力地放在桌上，我慢慢靠近，手足無措地呆立在她前面。

媽媽雙眼對著我，但完全沒有聚焦在我臉上，目光空洞而茫然，好像我是個隱形人。這情形似乎說明我並不是很受歡迎，四周氣氛凝固，母子竟無言以對。

「媽媽……為什麼……沒有抱住我痛哭？她……應該拉住

我……不放我走才對……。」疑問與悲切的呼號在心中如浪潮洶湧，但由媽媽的神態讓我瞭解，我已不可能改變既定的命運。

心情悲涼，但我仍懷著一絲幻想：「媽媽迷惘的神情又好像充滿了愧疚，會不會後悔了？」然而，這個想法又馬上消失在無情的死寂中。

陰暗的小屋內靜得出奇，只剩下淡淡的呼吸聲，氣氛詭異而凝重，母子倆的頭不約而同地垂了下來，望著地面，僵持了兩三分鐘之久。

在靜默中，我察覺在屋內另有一個人，可能不小心弄出了一個聲音，立即靜止了下來，媽媽所說的真爸爸正躲在裡面。她曾表示，我在襁褓時跟他相處了一陣子，當然這段經驗在我年幼的小腦袋瓜中，不可能留下什麼清楚的印象。

對這位虛無縹緲只是一個影子的真爸爸，我原本沒有什麼太大期待，但處於最後關頭，難免會有一些不切實際的想法。

「現在已經沒有人要拿扁擔打他了，他為什麼還不敢出來見我呢？」「如果他是所謂的真爸爸，為什麼總是躲起來，跟我保持一個遙不可及的距離？」

可是，對媽媽的呼救我都放棄了，我心中對他的希求，也一閃即逝。最後媽媽提起一隻手背對我揚了一揚，那種動作有點像在揮趕臉前的蚊子，我立即抿嘴轉身離開這個已經不屬於我的地方。

牛、陶兩人雖因為爭奪我媽媽而成為仇人，但那天卻有了相同的目的：向不斷在居間協調的親戚們表明，他們很關心母子的親情，在分開前，給他們互相傾訴的機會，製造何等溫馨的畫面。

牛文遠遠躲在大樹後，陶陽則藏在屋內深處，共同「幕後導演」，讓兩個最脆弱而受傷最重的人，很形式化地湊在一起，結果母子沒有對話，連目光都難得有交集，這如同是在兩人的心理傷口上再灑把鹽。

我成為牛文與陶陽兩人為情相爭的犧牲品，至於親戚們，在媽媽與陶陽的婚事喬好後，幾乎全部噤聲，任由牛、陶兩人來決定我的未來，實際上，事情已發展到這種地步，他們能做的也十分有限。

然而，如果告別甲仙那天，我能預先知道未來的命運比我料想中來得更糟，我一定號啕大哭，拚了小命也不要離開。

離開甲仙後，約兩年間我和父親經歷處處無家處處住的慘境，直到被送進位於臺北北投的一家育院才停止流浪，而在育幼院與往後中學生生活，又經歷了一段掙扎的日子。

成人世界的冷漠與無情，形成我孤獨無依的恐懼，沉入潛意識，藉著身陷蔗田深洞而無人聞問的夢境，一再被釋放出來，糾纏我多年，也慢慢刻畫在臉上。

無怪乎我長大後，不少朋友說我看起來不是很開朗，雙眼中似乎有深不可測的憂愁。有人調侃地說道：「阿牛，你那哭喪的臉，皺著八字眉頭，嘴角下垂，一副人家欠你錢沒還的樣子。」

有個好朋友建議我多吸收正能量來滋養自己，有時不妨用一些幽默感與風趣思考來自我解嘲，看看能不能以較輕鬆的姿態，走過這段陰暗的谷地。有一則笑話，也許有點療癒的功能：

有個汽車駕駛違規，要被警察開紅單，駕駛企圖利用自己顯赫的家庭背景要求警察網開一面，於是對警察說道：「你可知道我爸爸是誰嗎？」警察沒有抬頭，邊寫罰單邊回答：「對不起，我不知道你爸爸是誰？但我相信，你去問你媽媽，她一定知道。」

我內心深處有個小孩，滿懷著焦慮與恐懼，多年來我努力化解他對我人格上的傷害，所以一直試著回溯與剖析自己早年的生命歷程，進行自我診斷與治療，到今天已花了不少力氣，但傷口癒合了嗎？我阿牛有沒有解開這個枷鎖呢？

# 山西壺關 樹掌村

牛文與陶陽都在一九二二年出生於中國大陸山西省壺關縣樹掌鄉的樹掌村，跟臺灣的甲仙鄉大田村一樣，是個位於陡峭山區的窮鄉僻壤。

村民與山爭地的生活十分艱苦，他們於起伏不定的山腰上，用泥磚與茅草搭蓋房子，錯落有致，也有人住在依山腳而建的窯洞中，異常簡陋。當地缺乏水，所以沒有種稻子，以玉米和麥子為主食。

牛文跟陶陽才五六歲大的時候，每天一大早就要背著大竹筐外出撿拾動物的糞便，小至羊、豬、狗、雞糞，大至牛、馬、騾糞都不放過，太晚出門的話就被別人撿光了。糞便大都成為農作物的肥料，有些纖維較多的曬乾後可作燃料。

年紀再大一點，他們經常帶著斧頭上山砍柴。成捆扛回來再劈成適合爐灶大小的條狀木材，成為廚房與炕可隨時取用的柴火。炕是一種底部可燒火取暖的床，北方人沒有它過不了冰雪的寒冬。

他們相約共同出門，並肩上山，一路談天說地，經常一邊工作一邊玩耍，日子過得還算愉快。

有一回牛文砍柴時不小心傷了腳，血流不止，陶陽立即脫下上衣為他包紮止血，再以他高大的身材攙扶著牛文下山急救。患難見真情，此後，兩人有如親兄弟一般天天黏在一起。

村落中有位讀書人陶大友，是陶陽的叔叔，出生於滿清末年。長大後以優異成績完成中學教育，考取上海某專科學校，學成回鄉服務，十分受當地人的敬重。

陶大友面容削瘦而嚴肅，眼睛炯炯有神，在牛文與陶陽念的小學與中學任教多年，對姪子陶陽督導特別嚴格，因此陶陽上學後很紮實地念了一些書，學識基礎還算不錯，常在校刊發表文章。

陶陽外表俊俏，才上中學就因為長期在昏暗的家中用功讀書，而戴了一副近視眼鏡，更像一個風度翩翩的書生。

牛文家境較差，要為家人分擔許多田間的工作，他個頭兒不高，但結實靈活，從小就是農務上的好手。可是，由於難得有時間看書，牛文在學校的成績表現比陶陽差了很多。

有一回，牛文跟平日一樣，起個大早跟家人下田工作，但收工太晚，進入小學教室時，第一堂課已快結束，在教室的陶大友手持藤製教鞭，準備狠狠教訓他一頓。

此時，陶陽鼓起勇氣站起來說：「報告老師！早上我在上學途中，經過田間，看到牛文仍在工作，我叫他趕快收工，不然上學要遲到了，但他家人要求他繼續做，所以……。」

結果，他們兩人都挨了一頓打。陶陽事後對牛文說，他瞭解叔叔的脾氣，但仍要冒險為他說話，牛文聽後十分感動，心想：「人生能有此知己，足矣！」

他們筆硯相親的中學生活尚未結束，對日抗戰爆發了，左鄰右舍許多人跑去當兵，少了壯丁，自耕自食的村民生活更為艱苦。牛文與陶陽不得不輟學分擔家庭生計，到山區墾地、播種、除草、施肥、收割等，由初春忙到秋末，另要照料雞、羊、豬等，至於撿糞、砍柴依舊是他們的工作。

兩個年輕人原本想要好好讀個書，盼跟長輩陶大友一樣，能衣錦榮歸，找個較好的工作，沒料到與書本絕緣後困在鄉間，都二十歲了，連村外的小城鎮都沒去過。於是兩人決心從軍加入抗戰的行列，到外面的世界走走，也想碰個運氣，看看能不能搞出一點名堂。

那時正逢抗戰末期，他們響應國軍「一寸山河一寸血，十萬青年十萬軍」的號召，報名成為青年軍，在同一單位接受訓練後，正式加入國軍行列。

異鄉遊子，骨肉何必親，牛文與陶陽相知相惜，在戰爭期間，互相扶持地度過許多煎熬。雖兵馬倥傯，他們跟在大後方的陶大友一直以書信往返，表達關心的情意。

牛文與陶陽在抗戰勝利後的一系列剿共行動中，才有機會真槍實彈參與戰役，南征北討，與共產黨的解放軍對峙數年。一九四八年底有上百萬人參與的徐蚌會戰，讓牛文與陶陽深深體會了戰爭的無情，但經過這場浴血戰場的冶煉，更加深了他們天涯相隨而生死與共的情誼。

該戰役發生在江蘇徐州、安徽蚌埠等地，國軍與共產黨的解放軍雙方鏖戰兩個多月，過程慘烈。國軍兵力原本較多，但士氣低落，一交戰就節節敗退，許多人投降、倒戈、被俘，共產黨幾乎全面控制了長江以北的地區。

這場戰爭的末期，牛文與陶陽與上萬名國軍弟兄，退守在一座丘陵地，居高臨下面對廣袤無垠的平原，準備進行最後的殊死戰。

時值寒冬，平原積了一層薄薄的雪，跟國軍兵力相當的共軍，部署在不遠處，雖天色陰霾，但在拂曉時分的雪地上，看來格外清楚：千軍萬馬、戰車、大炮、機槍等，密密麻麻一片，伺機發動攻擊。

令牛文等人更加不寒而慄的情景出現在身後：大批神情嚴肅的憲兵，站成一長排，持槍對著國軍弟兄背後。他們是在嚇阻畏戰的逃兵，凡臨陣脫逃的，格殺無論。此時，軍心渙散，已有不少軍人暗中脫掉制服逃離戰場，國軍不得不出此下策。

現場氣氛凝重，悲觀的耳語四處傳播。灰頭土臉的陶陽透過掛在鼻梁上的眼鏡，絕望地看著身邊的牛文說：「看來，我們兄弟一場，要在這裡共赴黃泉了。」一語氣苦澀，聲音嘶啞。他的近視十分深，鏡片頗厚，為求牢固，他用兩根繩子分別繫在鏡架上，再繞到腦後綁個活結。

牛文用受傷而沾滿乾血的手掌拍拍他的肩膀說：「大不了到了西方極樂世界後再去喝個醉。」一頗為豪氣干雲。牛文喜歡喝兩杯，陶陽不勝酒力，陪他喝酒時，只小酌一下。他們目光交流，騰出一隻手緊緊相握，說是打氣，也算是一種告別。

言談間，突然哨聲四起，打破對峙的死寂。大批共軍由樹叢間、沙包後、傘兵坑內，持槍衝了出來，殺聲與槍炮聲震天。國軍機槍、火炮與步槍跟著齊發反擊。

雙方火光四射，子彈與炮彈呼嘯飛射，撲向敵人，撒在曠野中，激起漫天塵煙，遮住了血紅的冬陽。接著，共軍大批戰車轟隆隆衝向國軍，雖然是仰攻，依舊一路輾壓，所向披靡。戰車後面的步兵如猛虎出柙，蜂擁而上。

國軍拚命抵抗，但火力沒有人家強大，死傷遍野，哀號聲撕心裂肺，甚至有人哭喊爹娘，向蒼天求助。國軍不少人發現戰況不利，眼見就要跟敵人短兵相接，紛紛脫盔棄甲找機會脫逃，但多數被鎮守在後頭的憲兵擊斃。

炮火越來越猛，壓制得牛文與陶陽不得不僵伏在土堆後，最後聽到敵軍的殺聲逐漸靠近，兩人目眶盡裂，不約而同拔出腰際的刺刀，安裝在步槍尖，「上刺刀！」的呼叫聲四起，大家準備展開短兵相接的白刃戰。

陶陽剛把刺刀裝上打算奮力一搏時，他用繩子綁住的眼鏡，突然由鼻梁鬆脫落地，眼前變得一片模糊。萬念俱灰的他，心想反正活不成了，好歹也表現得壯烈一些，於是突然起身，跳過土堆，大聲喊殺而疾速衝向敵人。

陶陽霍然出現在一名腳程最快的共軍眼前，共軍手中的長槍失準，往前一刺落空，持長槍胡亂瞎打的陶陽也錯過了敵人，但身體失去平衡就要往前撲倒，共軍身手俐落，馬上轉身，用槍托狠狠擊中站不穩的陶陽，後腦當場血花四濺，暈倒趴在一名國軍的屍體上。

這名共軍不放過陶陽，要上前再補一刀，此時，牛文也跳了出來，及時開槍擊斃要刺向陶陽的共軍，再跟另一個共軍博鬥，其他若干弟兄也加入合擊，這個一時之間落單的共軍兩三下就被刺死，滾入一處窪地。

此時，支援的共軍陸續衝上來，其中一名突然在近距離扔出一顆木柄手榴彈，再抱頭撲倒，手榴彈在來不及防範的國軍身邊轟然一聲炸開，數人慘叫倒地。牛文距離稍遠，受傷較輕，但仰天跌倒後，在坡地翻了幾個跟斗，一頭撞上亂石，失去了知覺，其他的弟兄受傷較重，看來都活不成了。

等到牛文與陶陽甦醒，他們已是共軍的俘虜，腕部上的麻繩把雙手緊緊綁在一起。牛文的頭、臉、胸多處受傷，滿臉是凝固的血，他勉力把沾滿血的雙眼睜開，視線朦朧中發現戰爭已快結束，遠處間歇性的槍炮聲，越來越少，直到完全靜止，只剩下傷者的哀號聲。

令他歡欣的是看到陶陽好端端地坐在他身旁，後腦勺腫了好大一塊，但撿回了性命。驚魂甫定的陶陽已把他脫落的眼鏡找回來，雙手腕被縛但仍可活動十指，他重新綁妥鏡架上的繩子，再把眼鏡掛上鼻梁，兩根繩子則繞到腦勺後打個結。

他們被共軍押到山腳較平坦的地方，和其他被俘的國軍聚在一起，個個神情驚惶、苦澀。戰場硝煙未散，無數屍體散落在俘虜周遭灰白色的土地上。

俘虜陸續增加，好像沒完沒了，集合尚未完畢，擠在中央的牛文等人，已幾乎看不到人群盡頭。不少人在地上蜷縮成一團，到處傳來揪心的呻吟聲。

在集合期間，牛文與陶陽沉著聲音慶幸彼此都能活了下來，談到清晨九死一生的戰鬥時，陶陽才得知牛文救了他一命。換帖兄弟情深義重，此時任何感謝的話都是多餘的。

俘虜集結完畢，共軍發給每人兩個窩窩頭，表示這是當天的口糧，要省著吃，接著下令出發，離開滿布屍體的戰場。雙手被縛的俘虜排成縱隊往北走，受傷走不動的，躺在擔架上由俘虜抬著行動。

隊伍蜿蜒前進，俘虜跌跌撞撞而行，大都垂頭喪氣、流淚、呻吟、抽噎、顫抖，也有不少人邊走邊啃著窩窩頭。

持槍的共軍在他們兩旁各以一支縱隊前進，不時大聲吆喝，要求落後的走快一點，也禁止俘虜交談。牛文與陶陽忐忑不安，未來的命運會如何，心中一片茫然。

人在困頓的時候，常會想起親愛的家人，牛文此時也思量起老家：「由這裡再往北方走，隔著千山萬水，就是樹掌村了，此時大雪紛飛，全家老小應聚在屋內，正圍著一盆炭火，暢快喝茶聊天。」

至於陶陽的思緒飛到他的叔叔陶大友身上，心想如果能多跟他學習幾年，一定可以把書念出一點名堂。

到了傍晚，走在一座山稜線上，彤雲密布，寒風徹骨，觸目所及都是荒煙蔓草，遠處是灰濛濛的大山。帶頭的共軍突然發出喊聲，要求大家就地坐下休息一會兒。

牛文望見右手邊不遠處有座看來可以藏身的小森林，興起逃跑的念頭，在人人聽命坐下並交頭接耳之際，悄悄跟陶陽說了他的計畫，陶陽點頭同意，但雙脣因為緊張而微微發顫，牛文的手心也冒著汗。

牛文與陶陽兩人決心脫逃，先設法壓抑不安與焦躁的情緒，以免被共軍看出端倪。就在共軍宣布重新出發，大家還沒有完全起身之際，兩人交換眼色並點了一下頭，就突然如彈簧般站了起來，沒命地往山下飛奔，只要竄進森林裡，他們就可以脫身。

數名共軍立即舉槍連續射擊，很幸運地，子彈都在他們的身邊呼嘯而過，可是，就在他們即將箭步鑽進森林前的半分之一秒，一顆子彈擊中了牛文的右腿，因他雙手被縛，維持平衡不易，屈身往前滾了好幾圈，摔得暈頭轉向，一時癱軟在地，陶陽立即回頭扶起他，再繼續跑。牛文雖然一瘸一拐地，但速度依舊不慢，能跟得上陶陽。

幸運之神再度眷顧他們，可能天色已暗，幾個共軍只追了一陣子胡亂放了數槍，而決定放棄。兩人氣喘吁吁地躲在樹叢中，先互相協助拆除縛在手腕上的繩子，再檢視牛文的腿傷，好在子彈只擦過小腿肚，沒有傷到筋骨。
陶陽撕下自己的一片衣襟，包紮牛文的傷口，止住了血。兩人不敢多逗留，繼續往山下跑，摸索走出山區後，一路向南行，盼能找到國軍部隊投靠。
那時長江以北地區完全為共軍占領，他們不得不趁夜間趕路，到了天明就躲起來休息。沿途觸目所及，都是傷兵、屍體、廢棄的武器、斷垣殘壁，遠方不時傳出稀疏的槍炮聲。
他們接連數天趕路，心力交瘁，肚子餓得實在受不了，只好跟當地居民乞討點東西吃。這個動作相當冒險，如果居民是支持共軍的，可能會舉發他們的行蹤，好在他們都能安全過關。
躲躲藏藏走了數天，兩人終於能加入一支也往南京移動的國軍部隊，不少流亡學生與逃難的民眾跟在後頭。大家如活僵屍般低著頭往前走，張張失魂落魄而沒有表情的臉，緊皺著如石頭一般僵硬。

一路上，無人聞問的屍體錯落地躺在路邊、漂流在河面，甚至有掛在樹上的投繯自盡者，加上悲涼的哭聲，情景有如人間煉獄。

面對這種慘況，陶陽眉心打結，昂首向天，有感而發地喃喃自語：「人生難以逆料，最好的態度，看來應就是聽其自然了。」

身旁的牛文不以為然，似笑非笑地回應：「如果都聽天由命的話，今天我們恐怕就跑不出來了。」陶陽回過神來，點頭同意。

他們找到國軍歸隊後，總算一路順風，先到了南京，再抵達上海，最後搭船渡海來到臺灣基隆。他們被派到高雄鳳山，和大批撤退來臺的軍人接受軍官的訓練，生活逐漸安定了下來。

他們常回首在大陸所經歷的往事，言談間常不禁感嘆：「那好像是一場夢，令人不寒而慄的一場惡夢。」

# 三角戀

隨著部隊到了鳳山不久，牛文與陶陽跟長輩陶大友連繫上了，歷經各種艱辛，他也逃出大陸，到臺灣後被分派到中央政府某部門工作。兩個晚輩趁假日趕去臺北拜訪他，他鄉遇故知，大家欣喜異常。

陶大友鼓勵他們待在軍隊好好發展，認為國家正在整軍經武，需要各種人才，而足跡遍及大江南北的他們，見多識廣，有機會走出一條路。

但是，牛文此時有了不同的看法，思忖在軍隊待了約十年，歷經大戰亂，好不容易撿回一條命，很想回歸平民百姓生活，即使像年少時，下田工作，粗茶淡飯，那種無牽無掛、自由自在的日子，也很快活。

回到鳳山後，牛文想盡辦法向部隊申請退伍，起初長官不准，一再強調國軍正積極準備反攻大陸，像他這種有實戰經驗的，會受到重用。牛文在鳳山受完訓後，馬上可以升任軍官，分派到部隊帶兵。

牛文於是從軍醫下手，他原本口才遲鈍，但為了爭取退伍資格，一再以幾近哀求的語氣向軍醫求助，充分展現真摯誠懇的態度。他向軍醫表示，他腦部在徐蚌會戰中遭到手榴彈的攻擊後，一直有頭痛的毛病，有時半夜會痛醒來，根本不適合繼續當軍人。

由於牛文身上有多處炸傷的痕跡，終於取信於軍醫，開了一份診斷證明，表示牛文因為受傷而健康狀況不佳。牛文手持證明，眉開眼笑地離開了軍醫院。

當年有很多軍人一到臺灣後，就想盡辦法離開部隊，由於沒有周延的退伍制度，多數人只拿了微薄的錢，就到各地自謀生活。牛文有了軍醫的證明，終於能夠順利退伍。他興高采烈地要面對新的人生，只是，從此無法和陶陽在一起，又令他有些傷感。

兩人約在營區外簡陋的陽春麵店內餞別，切點豆干、海帶、滷蛋等小菜，配上一瓶米酒。

陶陽兩道眉緊緊皺在一起，低頭沉思了約半分鐘後才說：「老牛，我們可以說穿同一條褲子長大的，並在患難中建立了同生共死的感情，沒想到今天要各奔東西了。」

牛文舉杯一飲而盡，再為自己斟滿一杯，咧嘴呵呵笑著說：「又不是要去送死，不要哭喪著臉！將來一有空檔我就會到部隊來看看你。到外面發了財，一定跟你有福同享。來！喝酒！」

邊吃邊談了一陣子，出現片刻的沉默，牛文逕自咕嚕咕嚕喝酒，不停把菜夾入口中。陶陽單手支著臉頰，惆悵之餘，若有所思。

離別時刻到了，在牛文上公車前，哥倆好強忍著淚水，互相緊緊擁抱了片刻。他們出身於守舊的地方與年代，很少男人在公開場所擁抱在一起，此時會毫不掩飾地表現這個動作，源於自然而然的感情流露。

公車駛離車站，車上的牛文不停地向外揮手，直到看不到陶陽的身影為止。

牛文在臺灣無親無故，人生地不熟，只因為部隊駐紮在高雄一年多，很快把四季如春的高雄，當作第二故鄉，他並且發現高雄山區與大陸老家樹掌村十分相似，好像在呼喚他投入它的懷抱。

他一上公車就決心要坐到終點站，相信那裡一定有可以落腳生根的地方，讓他擺脫浮萍般的生活。

公車離開了城市，進入鄉間，地勢越來越高，最後在狹路上十分謹慎地繞著連綿不絕的大山行駛。牛文由車窗遠眺，波光粼粼的小河貫穿碧綠的谷地，到了黃昏時分，斜陽映著彩霞，銀色的河面變成令人目眩的流金，散發誘人的光輝。

谷地竹林掩映間，散布若干農家茅草屋。當地人引清澈的河水灌溉，種植了甘蔗、水稻、菸草、香蕉、地瓜、芋頭等，另有許多不知名的農作物往山坡地發展，綠意盎然，充滿生機。一路上的田園美景令牛文心曠神怡，感覺十分舒服。

他沉醉之際，想起了古老流傳的一句話：「日出而作，日入而息……帝力於我何有哉？」感到這裡正是他追尋的桃花源，若能在這有如仙境的地方生活，自食其力，一定快樂似神仙。

公車在山區蜿蜒行駛大半天，到了夜幕低垂弦月高掛時，終於抵達終點：甲仙鄉。他下車時，扛著飽滿的灰色麵粉袋，裡面裝著他簡單的衣物，軍用水壺，另有一些乾糧。

離開車站後，他循著看來是當地幹道的泥土道路往下走。清風吹拂，溫柔輕緩，令他全身舒暢。經過一座木橋，夜色更濃，但在星光閃爍下，可看見兩旁盡是田地，遠處有散居的農舍，零零星星地透出昏暗的燈火。

走了不久，路邊有一間土地公小廟，一座低矮的茅草棚搭在旁邊，他就鑽進去以袋子為枕躺了下來。

此時正是三月天，牛文深深吸了幾口氣，享受這裡春天的氣息，沒有花香，但另有一種鄉間特有清新與淳樸。

遠處的幾盞燈火一一熄滅，家家戶戶要就寢了。但夜間並不安靜，各種蟲鳴和蛙叫競相較勁，十分熱鬧，但牛文一點都不覺得聒噪，心滿意足地閉下眼來聆聽，把它們當作大自然的音符，如催眠曲般把他帶入夢鄉。

在夢中他矇矓地感到好像回到了自己大山環抱的老家，安逸而且寧靜，遠離人間的紛擾與苦難。

他在部隊就寢時所做的夢，常離不開戰亂、逃難等，不時夾雜著槍炮聲，總是在驚嚇中醒來，感到渾身不舒服。在甲仙的第一晚是他多年來所睡的最安穩又平靜的一覺。

儘管一夜蚊子肆虐，但牛文睡得很深沉，到第二天太陽高掛時，才被附近傳來的交談聲音喚醒。

他站起來迎著朝曦舒展四肢，感受晨風吹拂的清爽。他發現交談的聲音來自道路不遠處的兩人，都戴著斗笠，女的斗笠上披著一條花巾，跟在男的後頭，向牛文這個方向走來。

他們肩頭上各自以扁擔扛著兩捆高出他們頭許多的農作物，一看到了土地公廟旁的牛文，立即停止交談並放慢了腳步。

他們是對父女。父親溫家勤，約六十歲，跟牛文長得有點相似，臉形削瘦而肅穆，緊蹙的濃眉下有對明亮而有神的眼睛。

女兒溫春妹，約十八歲，皮膚白皙，她光著腳，粗布短袖白上衣配黑色長褲，典型村姑的打扮。圓圓的臉龐上，有比一般人飽滿的顴骨，笑臉迎人時更為明顯，但容光煥發，充滿天真爛漫的氣息。

待雙方更靠近時，牛文才發現父女扛的農作物是地瓜葉。地瓜是鄉民主食之一，葉子部分挑較嫩的食用，其餘切碎熱煮後作為豬的飼料。

搬運地瓜葉時，先把葉子堆起來，足足有一個人高，再用繩子綁緊成一捆。扁擔兩端各插一捆，人彎腰到扁擔下，以肩扛起，相當沉重。但父女兩人扛得很輕鬆，步履輕快。走到了牛文身旁後，都停了下來，鄉間少有外地人，難免引起注意。

「少年家！你按佗位來？」溫家勤是客家村落中相當受尊重的大家長，對牛文問話聽似客氣，其實語調難掩一種嚴峻的命令意味。

為求溝通順暢，碰到外地人時，溫家勤都以臺語交談，牛文很識相，聞之馬上表現出軍人恭謹的態度，立正加上鞠躬，再用很蹩腳的臺語說明他是個退伍軍人，由高雄市區來到這裡。

牛文為進一步表現善意，趨前表示要扛下溫春妹肩上的地瓜葉重擔，經溫家勤點頭同意後，由溫春妹抱著牛文的包包，跟著扛地瓜葉的兩個男人，共同走往山坡地，目的地是溫家勤大女兒的家。大女兒夫婿來自招贅，經濟能力較差，擁有較多田地的溫家勤經常提供資助。

在與溫家勤話家常時，牛文主動表達了他想在甲仙落腳並找個下田的工作，溫家勤喜出望外地說：「歡迎你來協助，但我先聲明這裡窮鄉僻壤，可能沒有多少現金可以給你，只管吃管住。」

牛文欣然同意，一拍即合後，就一路跟著溫家勤回到了他的村落。

溫家勤喪偶數年，育有三男三女，如今都有能力下田工作，但農事這種工作人手越多越好，農忙的時候還需要到村外找幫手，他看牛文忠厚老實，又對他畢恭畢敬，把他視為天上掉下來的禮物。

牛文身強力壯，下田工作時十分賣力，溫家勤交代的工作完成後，經常主動協助其他的農事，使他和溫家人的感情日增，大家視他為自家人。

牛文幾乎不求回報地付出，另有一個藏在內心的目的，就是討溫春妹的歡心。第一次在土地公廟外見到她，牛文就喜歡上她那清純的村姑美態，暗自企盼哪天能娶她為妻，在甲仙建立自己的家園。

溫春妹的兩個姊姊都結婚了，她雖未滿二十歲，但在傳統的農業社會早已到了適婚年齡。但牛文個性保守、拘謹，雖然跟溫家人住在同一屋頂下，同一桌吃飯，共同下田工作，長達了一年，變成有如溫家的成員之一，但是，始終不敢對溫春妹表態，甚至他們能說上幾句話的機會都很少。

溫家勤看在眼裡，有心促成這件婚事。「父母之命，媒妁之言」在那個時候依舊盛行，溫家勤先跟小女兒討論，瞭解她還能接受牛文，再問牛文的意見。牛文喜出望外，當下跪到地上，先喊了一聲「岳父大人」，再大聲誓言：「今後會把您視為親生爸爸來孝順。」

滿心歡喜的溫家勤，很快騰出一間房子作為新房，為他們辦了一場簡單的婚宴，向親友宣告了這件喜事。溫春妹適逢十九歲，鄉間民俗對此歲數有些忌諱，溫家勤要求到了二十歲時再去鄉公所辦理結婚登記。牛文表示入鄉隨俗一定照辦。

新婚第二天，牛文就如往常一樣跟著溫家人下田工作，但此時，他的心情跟以往不太一樣。牛文暗自思量，他已成家了，也過了三十而立之年，如果仍然過著這種寄人籬下的日子，實在不像個男人。

他相信有土斯有財，為溫家工作，沒有多少現金收入，很難存錢來買一塊屬於自己的農地。溫家勤算是個小農，擁有的土地不多，又有三個兒子，有朝一日不太可能會分一片土地給他這個女婿。

於是牛文下定決心去高雄市區做點小生意賺點錢，再回甲仙買塊地，建立自己的家園。

牛文分別跟溫春妹與岳父提出他的計畫，都獲得同意，但溫家勤要求牛文在農忙時，要回甲仙幫忙。尤其在六、七月時，第一期稻作收成、第二期稻作要插秧之際，特別需要人手，牛文同意屆時一定放下手邊的工作回鄉幫忙。

到城市能做什麼小生意呢？牛文想到人不親土親，而決定善用他部隊的老關係，而到鳳山營區外附近租個小店面，棲身之外，販賣一些雜糧、零食、飲料、菸酒、日用品等，並為軍人修補衣物與洗衣服，賺點小錢。

回到了鳳山，牛文當然第一個探訪他的拜把兄弟陶陽，帶他到店內坐坐。分手約一年的兩個好朋友，在店內喝酒聊天，氣氛熱烈，溫春妹下廚為他們弄些配酒菜。

雖陶陽年紀大了牛文幾個月，仍然喊溫春妹為大嫂以表示尊敬，言談間十分羨慕牛文娶到這樣年輕可愛又勤快的老婆，讚不絕口，牛文也志得意滿。拜把兄弟，重逢的第一天相談通宵達旦。

但是，三人之間的關係從那天開始起了重大變化，並歷經各種激烈的波折與衝突，到了難以收拾的局面。

陶陽一有空就去牛文的店買點東西，送洗或取回他的衣物，但醉翁之意不在酒，一再找機會接近溫春妹。牛文始終不覺有異，他信賴他跟陶陽的交情，也認為讀了不少書的陶陽絕對會遵守「朋友妻不可欺」的古訓，會和溫春妹保持一定的距離。

這次古人的教訓碰到愛情，全變成沒有用的空談，陶陽終於利用一次牛文不在店內的時刻，以口頭明確地表達他對溫春妹的愛意。陶陽魁偉英俊，談吐不俗，風度翩翩，溫春妹原本對他就有好感，但陶陽的表態，當下仍然帶給她很大震驚，致雙頰泛紅，一時之間說不出話來。

瞭解溫春妹也對他有意後，陶陽到雜貨店買東西時，必暗中傳遞一封情書給溫春妹。他們能碰到牛文不在店內而能暢談的機會太少，只能用這種方式互訴情衷。一開始情書每周一封，接著越來越頻繁，最後到了幾乎每一兩天一封的地步。

溫春妹每天期待偷偷塞到她手中的情書。她沒有上過幾天學校，認字不多，為了讀情書，弄來了一本字典，很認真地一個字一個字地學習，並且經常要牛文教她。牛文以為她到了城市，開了眼界，而有心向學，也很鼓勵她用功。

有一天溫春妹收到一封給她很大壓力的情書，信中陶陽要她離開牛文，跟他到郊區的一間小套房同居，永遠離開牛文。

陶陽在這封附了一把鑰匙的信中表示：「我決心和牛文恩斷義絕，而不再去雜貨店了，以後每逢假日我就會到這間我租的小套房等妳，一直到妳搬來為止。」

溫春妹和牛文還沒有到鄉公所的戶政單位辦理結婚登記，可是，溫春妹所認識的人，包括甲仙鄉的親友與牛文以前部隊的袍澤，都已認定她是牛太太，所以，如果她跟陶陽在一起，一定被視為紅杏出牆以及有違人倫的私奔，難免會受到社會嚴厲的批判。

但溫春妹的心早已屬於陶陽，左思右想一陣子，最後顧不得傳統禮教的壓力，決定找個適當時機搬去跟陶陽同居。正好甲仙又到了農忙時節，牛文依約回去協助溫家勤收割與插秧，要忙上近兩個月。溫春妹認為正可利用這段時間出走，更正確地說，是離開牛文。

牛文一走，溫春妹就收拾好細軟，選定一個假日離開。一路依循地址，找到了陶陽的小套房，他果然在那兒等她。兩人相見自欣喜若狂，享受甜蜜的時光，但溫春妹認為這樣偷偷摸摸的，非長久之計，十分期待陶陽能快刀斬亂麻，到甲仙當面跟牛文說清楚。

然而，陶陽非常心虛，支支吾吾地回應，表示一定會找個時間去跟牛文攤牌。

陶陽一直沒有跟牛文面對面解決這個三角戀情的結，直到牛文某天清晨由甲仙騎著自行車出發，踩了十多個小時，一路幾乎沒有休息，趕回鳳山後，問題才爆發開來。

牛文抵達鳳山雜貨店時已是深夜，發現溫春妹和她的衣物都不見了，臥室空盪盪的，驚恐之餘，再回想陶陽數個月來出入這裡的情形，才明白太太和拜把兄弟都「背叛」了他。

牛文有如遭到電流襲擊，全身發顫不止，臉部則僵硬如石，喉頭像被人扼住一樣，發不出任何聲音，如此呆立了許久，才雙手抱頭蹲到地上號啕大哭起來。屈辱、傷心、失望、仇恨等情緒如巨大鐵鎚，不停地搥擊著他，最後鬆軟地癱在床上，一夜輾轉難眠。

第二天一大早，雙眼滿布血絲的牛文衝到部隊要找陶陽算賬。「是可忍，孰不可忍。連拜把兄弟的老婆都可以偷，算是個人嗎？」被怒氣衝昏頭的牛文要直接進入部隊找人，立即被大門口兩個衛兵擋下，牛文在門口大吵大鬧，動手推擠衛兵，口口聲聲要陶陽出來。

好在衛兵認識牛文，沒有讓衝突越演越烈。最後衛兵通報部隊長官，一名陸姓少校來到會客室跟牛文會面，他是個隨和而沒有架子的人，牛文看到昔日長官，終於壓下脾氣，但很快變成了涕泗縱橫，邊哭邊說明了他太太被陶陽誘拐而失蹤的情形。

陸少校緊搓著雙手跟牛文保證，一定會查辦此事，幾天後有了結果，一定親自跟他說明。

「還要幾天後？我老婆不見人影，我一天都不能等！萬一出了人命怎麼辦？」咬牙切齒的牛文突然大聲咆哮，令陸少校嚇了一跳，但心想牛文說的也不是沒有道理，於是要求牛文在會客室等一會兒，他就進去找陶陽問個明白。

牛文原本以為陸少校進入營區處理事情需要較長的時間，沒想到約十分鐘就出來了，神情看來比以前輕鬆許多，一看到牛文就說：「陶陽承認你太太跟他跑了。」陸少校突然感到措詞不當，馬上改口說：「陶陽說，那位女士跟你並沒有正式婚約，現在愛上了他，因此離開了你，住在很安全的地方，你就不用擔心太多了。」

牛文聽了氣得差點暈倒，臉上肌肉抽搐，緊緊地握著雙拳，指節發出「格格」聲，要求跟陶陽面對面談，但陸少校接著說：「陶陽已表明決不會跟你見面，請你不要再騷擾他們。」

但陸少校很嚴肅的跟牛文保證，這件事他會向上級報告，批准後，他會親自訪談各相關人，他認為如果牛文所說屬實，陶陽一定會受到處分。陸少校對牛文說了不少好話，無非想要牛文早些離開，十分擔心他繼續鬧事。

牛文在無可奈何離開前，以乾澀的聲音對陸少校說：「我跟溫春妹是在親友的見證下結婚的，陶陽是做了見不得人的事。」說到這裡，牛文又雙手抱著頭，大哭了一陣，眼淚如泉水般湧出。

陸少校看到一個在戰場上歷經生死交關的大男人哭得有如小孩般，一點都不會認為好笑，反而感到心情沉重，他不由主地想到：兩男一女的組合，在古今中外不知變化出多少稀奇古怪的故事，盼這個三角戀情能得到適當的處理，但由牛、陶兩方剛剛的談話來看，他感到這個機會很渺茫。

三四天後這名陸少校不但進一步訪問了牛文與陶陽，並遠赴甲仙跟溫家勤等人詳談。最後，他透過陶陽找到了溫春妹，這個掀起情海波瀾的核心人物，當然是他調查報告的重頭戲。

經陶陽的安排，溫春妹單獨面對陸少校的訪問，她神態有些忸怩，但口氣很堅定地說道：「我跟牛文沒有婚約，在甲仙的婚宴是父親溫家勤並未經過我同意而舉辦的，事後也沒有到鄉公所辦理結婚登記。」

她一再強調，根本不喜歡牛文，此時能分手，對大家都好。談到最後，由她眼中流出晶瑩的淚珠，不一會兒再如泉水般湧出，她立即轉過身，陸少校只看到她低著頭，背部在不斷抽搐著，楚楚可憐。

陸少校在歸途中不斷地思索這件事，想到溫春妹不到二十歲，在純樸的鄉間長大，但今後要承擔莫大的社會壓力，處境十分令人擔心，他希望這件紛爭能早日結束，一切回歸平靜。

陸少校回到部隊後，守候多時的陶陽突然出現眼前，頭髮凌亂，臉色蒼白而滿布鬍渣，眼鏡片後的雙眼呆滯，語氣急切的問道：「結果怎麼樣？他們確實沒有正式結婚吧！」

陸少校沉下臉來頗為不客氣的對他說道：「你讓一個少女承受了她無法承受的壓力，又殘酷地傷了你最好朋友的心，讓人看不起，只希望不要有意外事件發生才好，否則天理難容。至於報告內容不便透露，一切到軍法官前再談吧！」

陸少校寫的報告相當詳盡，回到部隊後第二天就呈報上級，很快進入軍法的程序，最後陶陽以妨害家庭的罪名被判六個月的監禁。

陶陽發監執行前，寫了一封信給溫春妹，要她耐心等他，但信件為陸少校扣留了下來，要等他出獄後再還給他。

至於牛文一等到陶陽入獄，就得到陸少校協助，找到溫春妹的住處，牛文夥同溫家勤把溫春妹帶回了甲仙。陸少校顯然看不慣陶陽的行為，盡可能站在牛文這一邊協助他。

回到老家，溫家勤老老實實地教訓了小女兒一頓，親人也圍過來，吱吱喳喳地勸她醒醒，不要被男人的外表與甜言蜜語騙了。

溫春妹在陶陽租的小套房住了約三個月，無憂無慮地過著如膠似漆的生活，一回到甲仙後，完全沒有陶陽的音訊，也不知道他因她入獄，而以前陶陽留給她的情書，都被牛文搜出來撕毀並燒掉。

她回到了現實，每天一睜開眼，甲仙這個窮鄉僻壤，變得灰色黯淡，並且，由早到晚忙著下廚、清掃、洗衣、施肥、除草、餵家禽等雜事，也讓她覺得生活是那麼了無生趣而整個人提不起勁來。

再過了一段日子，以前那段美好而浪漫的日子，越來越遙遠而模糊。陶陽對她的感情，好像不是真的，如一場夢幻，漸漸讓她難以捉摸。

因此她有時惘然若失，滿懷哀傷而自艾自怨：「我是被欺騙了嗎？」「難道如爸爸所說，他只是個玩弄別人感情為樂的人？」「那段往事會隨風而去了？」

然而，有時她又快樂起來，變得充滿希望與期待。她用心思索陶陽對她說的每句話，拼湊一些零碎的情境，反覆神遊那段甜蜜而快樂的時光，來為自己加油打氣。

後來她決定每天下午離開村落，固定坐在路邊的一顆大石頭上，望著遠方的路，等候陶陽的出現，等到夕陽西下，才滿面淚痕地踏上歸途並喃喃自語說道：「那絕不是一場夢，陶陽一定會來接我的。」

耐不住內心的煎熬，溫春妹決心要離家出走，直接到鳳山找陶陽，但就在這個節骨眼，竟然發現自己有了身孕，才不得不打消這個念頭。

因為她考慮到最壞的結果：如果陶陽真如大家所說是個負心漢，一旦自行離開能讓她安身立命的甲仙，那恐怕就很難回頭了，這對一位懷孕的媽媽來說，是莫大的壓力。

她肚子漸大，原本這應是地方上的喜訊，但此時一股詭秘的氣氛很快地籠罩她四周。那種現實壓力，讓她有難以形容的窒息感，她因此變得更為焦躁不安。

親友們常私底下聚在一起嘰嘰咕咕地談論，肚子裡的孩子是誰的？不少人扳著手指頭算時間，算來算去依舊弄不清，最後得到一個結論：只有溫春妹自己最清楚。

溫春妹的態度神祕兮兮而讓人捉摸不定，但是，不少親友認為，由牛文一副失魂落魄的樣子可判斷，孩子十之八九應該不是他的。

此時此刻對牛文與溫春妹這神離貌也不合的夫妻來說，處境十分尷尬。溫春妹明白這個孩子是陶陽的，是他們鳳山小套房快樂時光的愛情結晶，但在親友前，她三緘其口，盡可能避開這個話題。

她當然不會說，那是牛文的孩子，可是，在陶陽音訊全無的情形下，她也不敢坦誠表示那是陶陽的。折騰了一陣子後，親友們包括父親溫家勤在她前面都不再提這件事，以免場面弄得不愉快。

牛文由鳳山回來後，過著愁雲慘霧的日子，如今再發現太太珠胎暗結，內心絞痛，實在無法接受這個殘酷的現實，而摔入漆黑的深淵中，天天臉色蒼白，神情恍惚。

牛文十分忌諱跟人談到溫春妹肚子中孩子的事，也漸漸跟大家保持了一點距離。他本來是個精神奕奕的人，如今士氣低落，變成有如槁木死灰，四周的人看了都感心酸。

溫春妹臨盆的日子越近，她心情越加焦急難耐，有一天突然接到兩封她期待很久的信，都是陶陽寄來的，她雙手簌簌地發抖，小心翼翼地拆開。

第一封是陶陽入獄前寄的，寫著：「春妹，能為妳入獄，是我今生最大的快樂，但妳一定要等我出來。」陶陽明白林春妹識字不多，第二封也是行文簡短，表示他已出獄，正在申請退伍，很快就會到甲仙找她。

溫春妹喜滋滋看完信後，鼻尖沁汗，吁了一口氣，自言自語地說：「他終於要來了，我的陶陽終於要來了，我們終於可以相聚了，只是，我們要怎麼見面呢？」

溫春妹看信後滿心歡喜，臉頰出現紅暈，雙眼放光，跟平日惘然若失的神情大不相同。她先回了一封信告知懷孕的消息，再經常到村外的道路上走動，期待陶陽馬上就出現在路口。

親友們由郵差送信來一直到溫春妹的反應，感到事有蹊蹺，雖溫春妹口風很緊，但大家判斷陶陽不久就會露面，於是溫家沸騰起來，人人提高警覺，紛紛表示，要好好教訓這個搶好朋友老婆的傢伙，也有不少人期待有好戲可看。

年長的溫家勤思慮較周延，他擔心陶陽現身時，和牛文直接衝突，甚至可能出人命，後果就很難處理了，於是要求牛文暫時避開，搭車到屏東去探訪一位他許久沒有問安的長輩，並在那裡多待幾天。

牛文心想有這麼多人要為他出頭，或許能趕走陶陽，於是他帶著希望暫時離開甲仙。

陶陽出現在甲仙的道路那天，他那俊美的外型，掛著深度眼鏡，加上身材魁梧，很快為鄉民注意到了，經鄉民飛奔傳遞消息後，馬上引起騷動。

溫家派出了七八個人，就在半途中堵住了陶陽，婦女們尖聲痛罵他不要臉，男的則吐出一串汙言穢語。持扁擔站在路中央的壯丁個個如怒目金剛，陶陽沒想到會有這種場面，驚恐之餘，陪著笑臉說：「都要成為一家人了，有話好說。」

其中一人揚起濃粗的眉，先罵個「三字經」，再大吼道：「誰跟你一家人了！」手中的扁擔就往陶陽頭上招呼，好在陶陽行伍出身，身手尚稱矯健，立即閃身躲過，但失足跌在地上。

他發覺好漢不吃眼前虧，轉頭就連滾帶爬地跑開，一下不見蹤影，他原本帶來要送給鄉親的幾盒餅乾，掉落地上，也顧不得提走。

陶陽與溫春妹在甲仙的會面計畫，可說是徹底的失敗，非但沒有出現愛情電影中迴腸盪氣或纏綿動人的情節，而且男主角陶陽幾乎可說是被打得落荒而逃。

只不過陶陽的鬥志高昂，他已由溫春妹的回信中得知，她懷了他的小孩，當然不可能因為這點阻礙而放棄。他在附近山區租了一間小茅草屋住進去，準備來個長期抗戰，一定要贏得所愛。

懷孕的溫春妹已到了隨時會生產的階段，否則她必定想盡辦法去找陶陽，跟他遠走高飛。她萬般無奈地思量：「生孩子後母子都要靠親人協助，此時待在村裡最可靠，等將來時機更成熟時，再抱著孩子去跟心愛的陶陽相會吧。」

牛文探訪屏東長輩回來，由鄉民傳來的消息得知陶陽搬到附近居住，不禁怒火中燒，臉上難掩屈辱和挫折的神情，然而他有溫家勤等親人的支持，他決心振作起來，要全力維護自己的家庭與尊嚴。

他心裡盤算：「春妹快要生了，要趕快去辦理結婚登記，一旦完成手續，她就是我正式的太太，小孩生了以後，順理成章就可納入我的名下，母子連心，春妹念著孩子，應該就不會離開我了。」

牛文把溫春妹由鳳山帶回甲仙之後，曾多次要求她同去補辦結婚登記，都被她澆了一頭冷水拒絕，牛文心知肚明，如今陶陽出現了，溫春妹連看他都懶得看一眼，要她跟他同去辦結婚登記，更不可能。

於是，牛文私下跟溫家勤商量，表示打算自行去鄉公所辦理結婚登記，可是，若沒有溫家勤出面來代表他的女兒，可能行不通，溫家勤當下同意陪同前往，要牛文準備好溫春妹的身分證與私章，溫家勤並找了若干名親戚擔任證婚人。

就在大家商量確定的第二天，牛文手持戶口名簿、他與溫春妹的身分證與私章等物，在溫家勤等多名親戚陪同下，去鄉公所辦理結婚登記。

鄉公所承辦人員認識溫家勤與他女兒溫春妹，也都知道他女兒嫁給了一個外省人並公開辦了喜宴，因此認定溫家勤能代表溫春妹的意思，很快讓牛文完成了手續。牛文原本有些忐忑不安，擔心無法如期辦好，如今完成了，頓時感到輕鬆許多。

溫春妹對父親等人背著她，配合牛文完成結婚登記，盛怒下哭了出來。大哭一陣後，她把牛文的寢具與衣物等扔出房間，牛文回來見狀，只能無可奈何地搬到隔壁住。

溫春妹惶恐不安地思索：「肚子中的孩子是陶陽的，但出生後勢必要登記為牛文的孩子，那以後這三角關係會更為複雜難解，真沒想到我會如此苦命！」

她原本期待牛文知難而退，成全她和陶陽的好事，但牛文死纏活纏而使得美景變成泡影。她很悲觀，但並沒有絕望，她自我期許：「我和陶陽的前景看來十分坎坷，可是，只要兩人不放棄，上天一定會幫助我們這對有情人。」

結婚登記幾天後，小孩就在林家的茅草屋內呱呱墜地，是個男的，牛文興致勃勃地到鄉公所報出生登記，成為他名正言順的兒子。

滿月時，牛文宴請親友，他以一家之主的姿態大張旗鼓地向大家宣告，不要再懷疑了，他的太太與男孩都是牛家的，陶陽只是想來破壞他們家庭幸福的人。

然而，溫春妹對牛文的態度越來越惡劣，一碰到他就跟他吵架，尖叫、哭泣、咒罵、砸物等聲音，傳遍村落。

多次，溫春妹拿著掃帚往牛文身上敲打並尖聲大罵：「你只要滾出溫家，甲仙就天下太平！」自知寄居在溫家的牛文，氣勢低了一些，常被打得狼狽地逃走。

最初，親友們常會去勸架，但久而久之，大家都懶得去管了，因為每天一小吵，數天一大吵，任誰管都管不來。

牛文天天被羞辱、痛苦、憤恨等碾壓，但依舊沒有放棄，跑到距甲仙不算遠的臺南官田，找了一間靠近某部隊的小房子，準備再開一家雜貨店，想換個環境來改善夫妻的關係，最重要的，可以躲開陶陽的糾纏。

可是，溫春妹不但表示沒興趣，並在村落較外圍的角落找到一間新落成的小屋，帶著孩子搬了進去，如此兩人形同分居。她這樣做，進一步向牛文表白：「我不會喜歡你的，早點死了這條心吧！」此外，她另有所圖，盼望能有更多機會，去跟心愛的陶陽幽會。

牛文傷心欲絕，一個人先去官田開雜貨店，花了一個多月的時間，仍說不動溫春妹，只好再搬回甲仙，結果面對的是更尷尬的分居局面。大白天他有時會如泥塑木雕般呆立許久，晚間則常蜷縮在床上飲泣。

這場兩男一女的僵局，持續到孩子近四歲，有了重大的轉折。

心灰意冷的牛文，在返覆思量後下定決心要跟溫春妹分手。有一天他在溫家勤等親人的陪同下，向溫春妹表示，他不想再過這種生活了，同意離婚，但孩子他要帶走。

溫春妹一聽就明白牛文狠毒的用心而怒目圓睜，以咆哮的方式責罵牛文太狠心：「明知孩子不是你的，硬要帶走，拆散骨肉親情，擺明了就是向我和陶陽報復，要讓我們難過一輩子，你禽獸不如！」

她雙手緊握著拳，咬牙切齒，不斷地痛責牛文，因心急如焚而額頭冒汗，青筋隱隱綻起，凌厲的目光看穿了牛文內心深處，而臉上表情，憤怒、難過、鄙視，兼而有之。

到了此時，溫春妹才正式對所有親友表示，孩子實際上是陶陽的，不論在甲仙或鳳山，她從來不讓牛文碰她。在居間協調的親戚面前，她不斷以犀利的言詞批判牛文的居心不良，要求他放棄孩子的監護權。

牛文蹙著眉，神情悲痛莫名，深深地嘆了一口大氣，舐著他乾燥的嘴唇再冷冷的回應：「是你們無情無義在先，才有今天的結局。孩子本來就在我的名下，總比去領養一個來得好。」

失神落魄的牛文由喉裡所發出的聲音因為極度哀傷而發顫，他滿懷怨恨地說：「一個曾是我最好的朋友，一個是我心愛的妻子，幾年來像毒蛇一樣，一口口啃噬我的心，帶給我刻骨銘心的痛苦，最後讓我失去一切，今天即使我把孩子帶走，也難解我心頭之恨。」

居間協商的親友，雖同情牛文，但紛紛認為他應以孩子的幸福為念。因為牛文和溫春妹離婚後，由陶陽取而代之進入溫家，牛文勢必要離開，一個上無片瓦下無寸土的單身漢，到了外地，如何能扶養一個年幼的小孩？

多數親友認為甲仙村落雖簡陋，但青山綠水，地方寬闊，相處和睦的鄰居與溫家成員上下，都是照顧下一代的幫手，是個可讓孩子健康成長的地方。

然而，牛文堅持不放棄監護權，決心要帶著孩子離開這個傷心地，他以十分哀傷的聲調對親友說道：「甲仙原本是我實現夢想的地方，如今一場空，我不能再放棄僅有的孩子。」

於是若干親友轉向溫春妹，要求她千萬不要讓孩子離開甲仙，一定要爭取到底，不然，孩子太可憐了。溫春妹思緒很亂，一時不知如何是好，急切地去求助於陶陽。

陶陽很少跟孩子接觸過，談不上有任何感情，他十分擔心糾纏多年來的事情再拖下去會橫生枝節，很快同意放棄爭取孩子的監護權，求得早日結婚的機會。

雙方一旦對孩子的問題也有了同樣的看法，馬上敲定了陶陽與溫春妹的婚事，決定與離婚同一天辦理登記，若干親友願意同時擔任離婚與結婚的證人，大家見風轉舵，紛紛恭喜陶陽，陶陽則買了一些禮品送給各親友搏感情。

喬好了登記的日子，當天大家就浩浩蕩蕩地走到鄉公所，七手八腳辦妥牛與溫的離婚。手續完成後，牛文一個人默默低著頭離開鄉公所，步履沉重，面色蒼白，目光毫無生氣。

溫春妹則神采奕奕，引頸看著遠方，等待陶陽現身。她內心激盪而狂跳不止，感念上蒼終於讓她結束了連綿不絕的思念，度過了心焦如焚的等待時光。

陶陽出現時，趾高氣昂，滿面春風，看到人就鞠躬致意，而溫春妹雙頰泛著紅暈，有如一朵向陽綻開的花，對陶陽說話時，雙眼發光，聲音甜膩無比。兩人手牽著手走到承辦人員的櫃臺前，填寫結婚文件，仍由留在現場的若干親友們擔任證人，完成了結婚登記。

這段鬧了近五年的三角戀，終於在鄉公所以十分戲劇化的方式結束。其間有個很奇特的現象，就是兩個男主角，竟然從未勇敢地站出來面對面，好好地解決糾纏於他們之間的問題。

原本不少想看好戲的人以為，他們會演出如一些電影中常出現的情節：兩個男人為爭取芳心，大動干戈決鬥一場，但鬧了半天，牛與陶遑論交談，連碰面的機會都沒有。原來，他們有意無意地，總是保持一段安全距離，躲開尷尬的場面。

在陶陽這一方，他有愧於心，自然不敢面對曾情同手足又是患難之交的牛文。

至於牛文，最初在鳳山發現遭兩人背叛他時，義憤填膺，跑到部隊要找陶陽理論，但以後溫春妹懷了陶陽的孩子，經常羞辱他，最後索性搬了出去，找機會跟陶陽幽會。牛文努力討溫春妹歡心，結果成為戰敗的公雞，抬不起頭來，終於喪失了面對自己情敵的勇氣。

兩個沒有擔當的男人只圖自己心理的安適，使溫春妹如夾心餅乾，承擔雙方所加諸她身上的所有壓力，又要面對親友們異樣的眼光，身心備受煎熬。牛文與陶陽對他們所愛慕的對象尚且如此自私，要他們為孩子的幸福設想，當然形同緣木求魚。

陶陽與溫春妹有情人終成眷屬後狠下心來，把孩子交給一個與他們敵對了多年的人。兩男一女的感情鬥爭分出了勝負，只是，犧牲一個孩子的幸福。

# 流浪

我和父親離開甲仙那天，風和日麗，兩人卻是雙眼含淚，一臉陰鬱地走在田間小道上。

原本沒有人送行，一路冷清清的。不過就在小道快到盡頭時，一棵芭樂樹下，有個小女孩赤著腳，腼腆地站著。她髒亂的西瓜皮式頭髮下，臉龐黑瘦，一雙眼睛十分清澈，靜靜地望著我，小白牙輕咬著紅色的下唇，顯得有點不安。

她是鄰居的孩子，大家稱她阿珠，她父母一下田常常由早忙到晚，而讓她獨自在村落到處蹓躂。午餐時，溫家人看到這個吸吮手指餓得直流口水的小可憐，都會舀碗飯給她，她可以一兩分鐘就吃得碗底朝天。

阿珠經常到我媽媽住的地方待上大半天，成為我的玩伴。媽媽有時餵她母奶，但這個動作常會讓我有點不高興。她年紀比我小一點，卻比我機靈許多，一看我有怒氣，馬上一聲接著一聲地叫我

「阿牛哥」來討好我。

沒想到，她是唯一來為我送行的甲仙人，她起初一直靜靜地站著，神色茫然，最後才怯生生地向我揮揮手。我哀傷的心默默跟她道別：「阿珠妹妹，將來不知道還有沒有機會回甲仙，再看到妳？」

我和父親由小道踏上馬路，走了一小段距離，我回頭，看到她挪動小腳步走出芭樂樹蔭，站在路邊，兩手遮在眉上，擋住晨光，瞇著眼遠眺著我，一見我回頭，她再揮了揮手。

天地茫茫下看到此景，我舉起手，僵硬地搖了一搖回應，接著緊閉雙脣，想要把嗚咽壓了下去，但淚水如泉湧出，一路哭著離開甲仙。

父親眼圈也紅了起來，一路上有時低聲自語，說一些不知所云的話，有時掩面嘆息，欲哭無淚，精神看來有些恍惚，我心中也亂成一片，但萬萬沒想到我們揮別甲仙後，父親做的第一件事竟然是把我送到位於新竹的一家私立育幼院。

這個育幼院很小，一間十分簡陋而陳舊的日式房舍就是全部院區，陰陰暗暗的，跨進去，就令人身心相當不舒服。房舍周圍有小院子，沒有一棵樹，泥地上長滿了雜草，空中七橫八豎地晾了許多小朋友的衣物。

數十名院童睡在擺放了幾張桌椅的地板上，醒來就在原地玩耍、上課與吃飯。廚房與浴廁也同在一個屋簷下，因為相距不遠，菜飯與尿騷的味道常常同時撲鼻而來。至於數間以拉門隔開的小房間，屬於老師們的寢室。

院童大都由政府轉介進來，多數是失去了父母的孤兒，院方按人頭向政府申請一些補助。像我這種屬於單親的個案，依規定要繳一點生活費。

父親送我到育幼院當天，已是傍晚，他離開前跟我說，只在此寄住一晚，第二天就會來帶我離開。第二天我就坐在門口旁，等父親出現，由上午等到夜幕低垂，仍不見他蹤影，才明白被騙了，原來我要長期住在這裡。

於是我放聲大哭，難過得晚餐也無法下嚥，抽噎了一晚上，老師們怎麼哄勸都沒有用。第二天，我繼續在門口等父親出現，第三天、第四天……，超過了一個月，父親一直沒有來接我。

我以淚洗面，內心的恐懼難以形容，不由得想到：「難道媽媽不要我，連爸爸也不要我了。」育幼院生活空間陰沉狹小，時時聽到院童的尖聲哭鬧與老師的責罵聲，更令我由心底深處，生出一股寒意。

熬到有一天我一病不起，發燒、全身無力、吃不下食物、嘔吐不止，院方有個由老師兼任的護士餵我吃退燒藥，但效用不大，兩三天後，老師看我好像要病死了，趕快依循我父親所留的住址去找他。

住址是某眷村內的一間平房，但老師敲門後竟然發現，我父親並沒有住在那裡，屋主也一頭霧水，因為我父親根本沒有跟他溝通，就擅自把他的住址留給育幼院，作為聯絡的管道。

屋主說，他調到新竹部隊前曾在鳳山跟我父親一起受訓，一個月前我父親突然來拜訪他，交談一會兒就離開了。屋主依稀記得我父親提到，他正在附近一個相當大的建築工地做工。

心慌意亂的育幼院老師只能憑「附近一個建築工地」這個線索來找人，好在當地這類工地不多，跑了兩三個地方，終於找到了我父親，老師把我生重病的消息告訴他。

父親立即放下工作趕到育幼院來看我，送我去一家診所看病，診斷是患了急性肝炎，讓我差一點丟了小命，治療數天後痊癒。

父親看我無法適應育幼院的生活，輾轉找了一家五口的寄養家庭。家庭的女主人想要賺點外快，願意收容我。父親在寄養家庭的門口和我告別時對我說：「阿牛，這裡的哥哥、姊姊與養父母都很喜歡你，你要乖乖聽他們的話，我每個週日一定會來看看你。」

我馬上露出一副愁眉不展而欲哭無淚的樣子，就在要開口說話之際，女主人馬上把我抱到胸前，抓著我的手向父親揮動，說道：「跟爸爸說再見，在我們家有好吃好玩的，你很快就會把它當作自己的家。」

等父親走了以後，我發現這裡比那家私立育幼院還糟。用餐時，桌上擺了幾道菜，但女主人不讓我和他們同桌，只舀了一碗飯，飯上放了一點鹹菜，要我坐在旁邊的小板凳上捧著吃。好在我胃口好，吃什麼都津津有味。

有次在用餐時，我聽到養母對著她的小孩說：「少跟這個鄉下來的野孩子玩，不然，會學壞的。」養母故意也讓我聽到這些話，要我跟她的孩子保持距離，哥哥、姊姊也真的從此就不理我了，令我感到十分洩氣。

某日，大我不到兩歲的姊姊出現在我面前，用十分冷峻的語氣對我說：「你媽媽不要你了，你爸爸也把你丟到我們家。」我聽了大聲回應：「妳胡說八道！妳敢再說一遍！」

沒想到她再一字一頓地說：「阿牛，你被媽媽拋棄，也被爸爸拋棄。」

姊姊的話令我恐懼異常，全身瑟縮發抖，哭著跑出去，到巷口等父親來看我。巷口有一堆小山般高的煤炭渣，每天除了睡覺、吃飯之外，我就跑到煤渣頂端遠眺父親的身影。但過了第一個週日，父親沒有依約定出現，第二、第三個週日也沒有。

我心力交瘁，繼續去等，到了第四個週日，由上午等到下午，再等到天完全暗了下來。當天下午不知什麼原因，養母一直沒有來喊我回去吃飯。一般在吃飽後，她就會想到我還未用餐而出來找我。我餓得全身無力，躺在煤渣上昏昏欲睡。

精神恍惚中，我依稀聽到有人踏上煤渣，抬頭一看，在灰濛濛的夜色之中，父親出現在眼前，我衝過去抱著父親的腿痛哭。父親牽著我的手走下煤渣堆說道：「看看你，臉、手腳與衣服都是黑漆漆的，在晚上，差一點認不出你。」

他帶我回到寄養家庭，發現他們全家都吃飽了，竟然任我一個人在外餓肚子，十分惱怒，責備幾句後，扔了一點錢，就把我帶走。

父親在一處蓋大樓的工地做工，沒有設工寮，晚間他就跟若干工人睡在工地的一個角落裡。他一時想不出安置我的好辦法，只好讓我也在那裡待了數天。

後來，工頭十分擔心我長期待在工地會發生意外，建議父親去花蓮找工作，表示有很多跟他一樣的退伍軍人在山區開闢中部橫貫公路，到那裡去應該可以得到一些照應。父親無可奈何，只得帶我離開。

到花蓮要先北上臺北再走狹小的蘇花公路南下。單線通車的蘇花公路十分難走，南下與北上要在不同時段進行，此外，該公路不論晴或雨經常發生落石坍方而全面停擺，有時要等待數天才得以恢復通車。

父親帶我搭公路局的金馬號走這段路時，運氣很不好，快到花蓮時，前方不遠處就發生坍方，阻絕了公路。巴士在原地等待復通，施工單位派大批人員趕去全力清除土方。

乘客在車上由早等到下午，發現路面仍有剩餘的土方而崎嶇不平。準備在傍晚收工的施工單位表示，要完全清除路面土方，至少還要半天工。大家決定勉強通行，不想在山區過夜。

蘇花公路一邊是山壁另一邊是深谷，原本已夠險峻。巴士要穿越尚未完全清理好的坍方區，更令旅客們有些擔心，於是在抵達坍方區前紛紛要求下車，有的連行李都提了下來。大家徒步跨越高低不平的路面，到另一端的安全地區等候巴士。

我也想跟著大家走下車，但父親拉住我，說道：「沒有什麼問題的，就跟我坐在車上吧！」於是車廂內乘客只剩下我和父親兩人。實際上，巴士在滿布土石的狹路上行駛相當危險，駕駛神色戒懼地開車前行。

我頭伸出窗外，往下看，嚇出一身冷汗。馬路邊的防護牆埋在亂石中，只見車子外側的前後輪緊沿著坍方的邊緣慢慢滾動，擠壓出來的土石紛紛掉落幽暗的山谷，車子動不動要停下來，調整角度後再前進，稍有偏差，就可能跌落深淵。

父親的神智突然看起來又有點不穩定了，眼光空洞向著窗外遠方，嘴巴模糊不清地唸唸有詞，有點像呻吟：「這樣的人生，太苦了，一死百了算了，一死百了也罷……。」

我聽到後頓時感到毛骨悚然，全身不由自主地發抖，上下兩排牙齒相叩而發出「的的的」一聲，喘著氣想：「父親是不是在甲仙受了太大的刺激而發瘋了，想找機會要我跟他一塊兒死？」

一有這種想法，我趕緊掙扎站起來，移到車廂另一邊的座位上，避開了窗外駭人的深淵景象與父親神經質的言語，再把額頭緊靠著前座的背面，安定自己的情緒。

巴士搖搖晃晃地在坍方區行駛，每秒都是煎熬而令我喘不過氣來。數分鐘後終於通過了，我感到好像由死裡逃生，如釋重負地長吁了一口氣。早在坍方區另一頭等候的乘客在巴士停妥後，紛紛上車坐定，大家繼續往花蓮前進。

車子在顛簸的公路上蹣跚前進，若干人暈車向著窗外嘔吐，好不容易到了花蓮，乘客下車後如鳥獸散。父親立即到開發中部橫貫公路的工程單位報到，正好趕上一輛要趁夜前往工區的卡車。

車斗上坐了十多名都是要去挖山壁開馬路的工人，一路上十分顛簸，原本大家默然不語，後來看到有人帶著一個不到五歲的小孩，都覺驚奇，於是你一言我一語地問了一些問題。

有位留著山羊鬍的壯漢對父親說：「老鄉，工地很危險，上頭一定不准工人帶小孩到工地的，一旦被發現了恐怕很難處理。」父親連連點著頭回應：「對對對！老哥說得對，到時再想辦法吧，船到橋頭自然直。」

接著他再跟大家詳細說明，他不得不帶著一個小孩的前因後果，不少人聽了嘆息連連，流露十分同情的神情。那位山羊鬍壯漢拍拍我的肩表示，如有必要他可以助一臂之力。父親雙手合十地回應：「出外靠朋友，感激不盡。」

卡車行駛在荒僻的山區小道，路面凹凸不平的情形越來越嚴重，車子震得十分厲害，發出的軋軋聲在山谷中迴盪。夜幕低垂，除了車前的晃動不已的燈光外，四周混沌一片。

就在我餓得頭昏眼花的時候，車子戛然而止，停靠在黝黑的路旁。駕駛吆喝大家下車，手持電筒帶頭走上一條簡易的登山步道，工人依序跟著上山。

兩三分鐘後，前方透出一點亮光，是一間茅草搭建的工寮，大家跨進去，發現裡面另有十多位工人正圍著一鍋湯用餐，懸掛在天花板下的煤油燈閃著昏黃的燈火。

那鍋湯是放在石頭砌成的小灶上，底部的煤炭快燒盡了，鍋內的湯與菜也剩不多。廚師眼看多來了一些人，馬上為灶加炭，再倒一些水到鍋內，水開了後，扔了一些蘿蔔切片、空心菜等，接著從蒸籠拿了一些饅頭分給新來的工人。

大夥飢腸轆轆，幾十個饅頭一掃而空，接著舀湯與菜下肚，吃得很盡興。我也一連吞了兩個饅頭，由於太累了，吃完就躺在灶旁暖烘烘的泥土地上呼呼大睡。

睡夢中，我夢到自己孤零零的走在黝黑的山谷中，進入陰森森甘蔗田，黑色的長莖七歪八扭，如無數猙獰的怪物，朝我緩緩靠近。

我全身顫抖，抱頭蜷縮在地上，發現不遠處有若干人在蔗田外的廣場中聊天，我急忙站起來走向他們，沒想到有個人影由後頭推了我一把，我一頭栽進一個地洞中。

這地洞有點深，我在洞底用盡了力氣而爬不出來，於是大聲向外求救，那些聊天的人紛紛靠過來，臉朝下望向我，但個個面無表情，十分詭異，依稀我看到其中一張是媽媽的臉，但跟其他人一樣，任憑我如何賣力揮手哭喊，對我視而不見。

這恐怖異常的情境，最後把我嚇醒，發現自己睡在茅草工寮中的床上，四周的工人們正忙著準備上工。

工人已吃完早餐，在腰際綁妥飯盒，再紛紛扛上開闢馬路的工具如獨輪手推車、畚箕、十字鎬、圓鍬、鐵鎚、大小鑿子等，魚貫走出工寮。

他們往下走一小段山路，抵達位於山腰的馬路，有數輛小卡車等候他們，大家上車坐定，車子同時在滿布礫石的道路上啟動，載他們去三四公里外的工地做工。

父親離開前，請留守工寮的廚師多照顧我，大家稱他老廖，比其他工人年長一些，蓄有絡腮鬍，看起來粗獷但沉默寡言。他點點頭算是回應了父親的請求，順手拿了一個饅頭塞在我手裡，作為我的早餐。

在新環境的第一天我無所事事，工寮內設備簡陋凌亂，走出去看看，周圍崇山峻嶺，高不可攀，溪水穿越大山下的深谷，傳出潺潺水聲，但少了田園風光，看來有如是在世界邊緣的窮山惡水。

我大多數時間枯坐在一個工寮門旁的小板凳上，等父親收工回來。太陽快下山時，在寧靜的山區，我突然聽到山腰馬路上車子停靠與人員走動的聲音，於是很興奮地跑下去迎接。

「那個就是我小孩，大家都是老鄉，請多多幫忙。」父親跟著一個工程管理單位的人員走上來，一邊指著我，一邊央求他協助什麼事情，其他隨行的工人也七嘴八舌地表示意見，不外乎請管理人員行行好，不要為難在外討生活的人這一類的話。

原來管理人員得知工寮有個小孩，來瞭解情形，他很同情父親的處境，但不敢對小孩子的安全負責，現場氣氛有些緊張時，廚師老廖突然說話：「俺來負責照顧阿牛好了。」大家頓時鬆了一口氣，不約而同拍手叫好，父親保住了工作，我也有地方安頓，過了一年多的山居生活。

工寮內沒有什麼好玩的，附近又只有一些雜木林與野草，實在很無趣，但老廖再三囑咐我不能跑到遠處玩耍，他警告：「阿牛！工寮周遭的蛇都被我捉來吃了，但較遠的地方就不敢說了。」我運氣不錯，天天光著腳到處跑，從沒有被蛇咬過。

但山區在陰雨連綿後，大批螞蝗經常跟隨著令人透不過氣來的濃霧出現，牠們群聚在一起，緩慢扭曲著醜惡又令人作嘔的油黑身體。曾有一隻粘住我的小腿肚，有個工人發現時，取下他口中的香菸燙了牠一下，牠立即脫落，沒有對我造成什麼傷害。

然而，有一種名為咬人貓的有毒植物，我雙腳不小心碰到了，紅腫難過了數天；還有一回是誤食了不知名的有毒野生草莓，肚子疼痛而嘔吐了一陣子，除此之外，我的山區生活大致安然無恙。

因此我決心冒險走遠一點，選定一個大晴天，穿越好像無止境的雜木亂草後，眼前豁然開朗，偌大山坡地滿是菁菁綠草，襯托一望無際的野百合花。

喇叭形的白色花瓣，迎風招展，橘紅色的花蕊由花心向外肆意奔放，朵朵散發一股迷人的清香，令我興奮異常，在花叢中穿梭並撫弄花朵。

我索性躺在花叢中，悠然回想起甲仙的鄉間生活。不知有多少次媽媽背著我走過那裡的田埂與羊腸小徑，大小手輕撫兩旁金黃色稻穗，欣賞稻浪隨風起伏的舞姿，享受豐收季所洋溢的喜悅與令人陶醉的稻香。

最後我朦朦朧朧地進入了半睡半醒的境界，四周的野百合花叢幻化成等待秋收的稻田、參天的竹林、在棚下垂掛如燈籠般的絲瓜、迎風擺動的芋頭葉與結實纍纍的龍眼樹等。

我彷彿回到了甲仙，重溫親人呵護我的笑臉，再看到站在芭樂樹下輕咬著下唇的阿珠妹妹。夢醒時，我滿面淚痕。

離開野百合花祕境前，我摘了很多株，用雙手小心地捧在胸前，一腳高一腳低地回到工寮，再把花一株一株種在鄰近的空地上，想要以後每天一走出門就可以看到一座百合花園，結果那些花很快枯萎而全趴在地上，令我十分痛心。

老廖發現我不聽話溜到遠處遊玩，嚴厲警告我不能再犯，不過，山坡上的百合花園令我意亂情迷，讓我重溫甲仙的時光，而百合花舞姬已成我的好朋友，所以我不顧一切再度跑去跟它們聚會，且在花叢裡待了半天才回來。

只是回去後，被父親用竹棍狠狠抽打了一頓，要求我老老實實聽老廖的話，不准再跑到遠處去玩了。

當天晚上入睡前，我在床上嗚咽了許久。我不僅是為了被打疼痛而哭，也是為了再也看不到那些曼妙的百合花與綠得可愛的草原而難過。

只能在工寮附近走動的山區生活窮極無聊。白天時光，我常跟想像中的小朋友在樹叢中玩捉迷藏的遊戲，一個人跑上跑下而自言自語。爬在樹上發呆，也是打發時間的好辦法，我靠著樹幹，等著太陽慢慢西斜，數著成群的歸鳥，並目送牠們消失在天際。

每天傍晚必有大批蝙蝠出動，在林間來回飛翔，成為我的玩具，我揮舞掃帚攻擊牠們，蝙蝠都能靈巧地閃躲，我玩到筋疲力盡才作罷。夜幕低垂時，整個山區陷入漆黑，只剩下工寮內的一盞煤油燈陪伴我，直到我入睡。

冬天到了，山區寒風凜冽，有時氣溫近零度，工寮外頭臉盆裡的水經常結了一層薄冰。晚間躲在不夠暖的被窩裡，寒意自頭傳到腳趾，如果再加上凌厲的北風震撼著工寮，常令我很難入睡。工人們白天做工辛苦，上床後個個蒙頭呼呼大睡。

一位工人受寒感冒，打噴嚏流鼻水，面部扭曲著蹲在我前面，手裡拿著漱口杯要我把尿排到裡面，我依他要求尿了大半杯，沒想到他竟然趁熱一口氣飲盡，令我目瞪口呆。他舐舐嘴唇，說道：「童子尿是感冒良藥。」

我好像頗能適應這裡的環境，待了一年多，從未生病。蚊子叮了又叮，在四肢留下許多小紅點，都不礙事。許多工人笑稱，我吃了不少野味，越吃越壯。山區蛇與蝸牛特多，許多被捉來成為工人的佳餚，我自然也吃了不少。

某天一隻黑色流浪狗出現在山區的馬路上，我想到故鄉甲仙的狗常會跟人玩而想靠近牠，盼牠能成為我的玩伴。

沒想到這隻狗一看到我，立即蹲伏下來發出低沉的嗚嗚聲，背毛豎起並露出兩排白森森的牙齒，我看苗頭不對轉身就跑，牠突然彈起來，大聲吠著追向我，我嚇得大哭，眼看跑回工寮來不及了，立即爬上一棵樹，躲開牠的攻擊。

老廖看到我狼狽不堪的樣子哈哈大笑，進入工寮拿了一條繩子出來很快就逮住這隻狗，立即宰殺下鍋為工人打牙祭。我看到大鍋裡一塊塊的狗肉，有些不安，但在工人的鼓勵下，也吃了一大碗，這是我第一次吃狗肉，好在也是最後一次。

山區野百合花再度爭妍時，又到了颱風季。茅草搭建的工寮結構粗陋，很令人擔心能否撐得過去，偏偏我們碰到了橫貫公路開工以來最強烈的一次風災。

颱風前多數工人各自找親朋好友的住所避一避，我與父親無處可去，只能和少數工人躲在工寮裡，碰碰運氣，盼望草屋能如上次一樣撐得住強風大雨。

颱風來臨，先傳來閃電和雷聲，轉眼間天色變得晦暗，接著是嘩啦嘩啦的急驟雨點，風也跟著越來越大，山區樹木在風雨中瑟縮顫抖。工寮起初到處漏水，最後耐不住風雨而傾圮，屋頂都被吹飛了。

工人不得不往外跑，找地方避難。父親靈機一動，帶我在大風大雨中踉蹌地下山，鑽入堆置在山腰路邊的大涵管裡，我們眼看雨水如瀑布般衝來，沖刷路面，再向山崖流去。好在涵管夠大夠穩，總算熬過了這場天災。

颱風過後，工寮重建要花數天時間，父親為安置我，經由層層轉介，在銅門鄉一個屬於臺灣電力公司的水文測站，找到願意暫時收容我的兩名工作人員，父親則回到深山區繼續他的工作。

水文測站是間設在溪邊的小木屋，比用茅草搭建的山區工寮好得太多了，四周並有相當寬闊平地，種了一些花草樹木，對我來說，有如個小樂園。

最吸引我的是小木屋外的一條小碎石路，每天會有若干人走過，除了開闢馬路的工人外，大都是出入山區的原住民，我好像看到了新世界，每天坐在路邊看著人來人往。

某天，一個原住民婦女到小木屋附近採集山蘇與昭和草等各種野菜，她身邊有一個年紀跟我相仿的男孩，特別吸引我的注意。

男孩乾瘦而結實，光頭且打赤膊，皮膚呈古銅色，長睫毛下有一對黑白分明的大眼，看到我時拉開嘴角微笑，露出殘缺又不整齊的牙齒，跟我一樣，他也是赤著腳。

互相打量一會兒後，我們很自然地靠近，他由褲子口袋掏出一顆芭樂給我，我拿來當下咬了一口，有點生澀，但依舊全部吃下了肚，他很高興我喜歡他的「見面禮」，慎而重之地說：「我家那裡有好多芭樂樹，下次會帶更多芭樂來給你吃。」

我跟他介紹我的小名「阿牛」，他說他叫「阿電」，算是完成當朋友的儀式。他媽媽忙上忙下時，我們兩人往溪水扔石頭比遠，爬樹比高，互相追逐比速度，很快玩成一片，我十分喜歡他嘹亮的笑聲，裊裊餘音在山谷中可以傳到很遠。

最後，阿電拿出了一顆玻璃彈珠，說是在溪裡撿到的，透明中帶著藍色，在陽光下泛著光芒，十分好看，我們就坐在地上用手指彈著玩，直到天快黑了媽媽喊他回家，我們才依依不捨分手。

此後，我每天在路邊等阿電來跟我玩，他每兩三天總會出現一次。他媽媽放任我們到處跑，她除了採野菜外，蝸牛也不放過，並常到溪邊捕魚。

後來阿電知道水文測站的兩個人都不是我父親，就問我：「那你爸媽呢？」我回答說道：「爸爸在深山裡開馬路，媽媽在好遠的地方種田，好久沒看到她了。」

談到媽媽，我的心情馬上沉重下來。每次看到阿電媽媽牽著他或背著他離開時，都令我羨慕不已，他們朦朧的身影映著金黃色的夕陽，漸漸消失在樹林掩映間的彎道，真是美麗動人。

我絕口不提被媽媽拋棄的事，很擔心被阿電看不起，我要讓他知道，我跟他一樣，也有個媽媽。

在水文測站的快樂時光不到兩個月，有天父親滿面陰霾地來看我，他動作異常僵硬，含混不清地跟我說：「阿牛！有件不幸的事情發生了，你媽媽前幾天發生車禍後過世。我寫信給你阿公，他回信時，告訴了我這件事。」

我呆立在當地，張口結舌，發出微微顫抖的聲音：「什麼是車禍？發生車禍人就會死嗎？」父親攤一攤手，說道：「媽媽在馬路上不小心被汽車撞倒，送醫院後不久就死了。」

「那我是永遠看不到媽媽了？」我邊說淚水邊湧了出來，父親表情木然地說：「媽媽已送上山埋在墓地裡，你阿公說，甲仙的人都很難過，我……。」

我看到父親臉上肌肉不斷抽搐，坐在椅子上的身體不安地扭動，有種說不出的不對勁。他好像要說一些話，但含含糊糊地吐露了一半就接不下去了，停頓片刻，接著又是一些亂七八糟的言語，我只認為他是因為太難過，話也說不清楚。

當天晚上父親住在水文測站，跟我睡在一張小床上，他很快鼾聲如雷，我傷心得難以入睡，隱約可以聽到遠處水流的聲音，我想像自己回到甲仙河邊，媽媽牽著我的小手在石礫中散步，我抬頭看著媽媽，媽媽也低著頭看著我，潺潺流水聲變成安眠曲，我進入迷迷濛濛的夢中。

我又重複那個身陷在蔗田地洞中的惡夢，高舉雙手向外呼救，但洞口四周一對對漠然的眼神，鑲在張張木然又陰霾的臉上，往洞底張望，卻無視我的存在，這情景再度把我嚇醒。這個啃蝕我心靈的夢要到何時才放過我呢？

我起床後，窗外鬱鬱蒼蒼的山林透著淡淡的晨光，比我早起的父親到山區蹓躂了一陣子，進入小木屋後就對我說：「我託人在臺北北投找到了一家育幼院，人家很同情我們的處境，表示願意收容你，因此我們馬上要離開花蓮去報到。」

媽媽的惡耗，已讓我有點心神不寧，離開這個算是我安樂窩的小木屋，又是另一個不小的衝擊。我力求鎮定，張口結舌地說了一連串的「這裡」、「這裡」、「這裡」，結果說不出一句話來。

在這裡，我好不容易能享受一點快樂的生活，並且交到了一個真正的朋友阿電，竟然，待沒有多久就要結束了。沮喪之餘，我萬分期待阿電馬上出現在山區的小路上，跟我熱切地揮手道別。

我再度回想起，一年多前，甲仙阿珠妹妹在芭樂樹下，向我揮手的情景。媽媽死了，她還好嗎？我不在了，她找誰玩呢？現在我又要經歷一次別離朋友的痛苦。

父親向銅門水文測站的兩名工作人員百般致謝後，背上大包行李帶我出發，我一再回頭瞇著眼搜尋遠處的山路，盼能看到阿電出現，但都是罔然。最後我不得不垂頭喪氣地離開。再見了！阿電！跟我一起爬樹與打彈珠的好朋友。

告別小木屋往花蓮市區走，我們徒步走在曲折、陡峭、崎嶇的山路上。靠近高山縱谷十分驚險的邊緣時，我回想到一年多前搭巴士來花蓮，父親因為精神幾近崩潰企圖尋死的恐怖樣子，真擔心他再度發作，要我跟他同歸於盡。

可能父親已經為我找到了安頓的地方，情緒看來相當穩定，讓我放心不少。可是，我不得不反覆思索：「父親向我敘述我媽媽的死訊時，為何結結巴巴而行為舉止異常怪異？難道有什麼隱情嗎？」

父子各懷心思地由早趕路到晚，穿越高峰，跨過幾座木橋，以山泉水解渴，午、晚餐都以饅頭果腹。走到天色全暗了下來，稀微月色中，峭壁給人一種神祕的感覺。沿途漆黑而高大的樹木有如窺視我們的怪物，隨風搖動時，張牙舞爪的陰森模樣有點駭人。

我們走到了三更半夜才離開了起伏的山區，景觀變得開闊，路邊民宅的昏黃色燈火漸多。周遭依舊朦朧不清，夜露迷濛而灰茫茫的世界，仍有一股說不出的蒼涼，但是，已經令我感到，終於回到了人間而緩緩地鬆了一口氣。

我旅途疲勞困頓，到了最後，幾乎是一邊走一邊打盹，扛著大包行李的父親也走得很吃力。他一再為我打氣，說道：「再走一小段，前面就是公路局車站了，我們可以在那裡休息一晚，搭明天往臺北的車。」

終於到了車站，父親找到一個可以棲身的牆角，他放下行李，而我一坐下就睡倒了。

第二天在人車嘈雜中醒來，我感到頭痛欲裂，身體虛弱異常，幾乎站不起來。父親以為我只是餓壞了，要帶我去找一家燒餅油條店吃早餐，我吃力地走幾步就癱軟在地。

父親只好背著我，騰出來的另一隻手拖著行李，走進早餐店。他屈身放下我，一著地時，我雙腿撐不住就往前撲倒，左眼撞到一張座椅邊緣尖銳的角，立即血流如注，我痛得放聲大哭，四周人圍過來表示關切，很擔心我的左眼受傷失明，異口同聲地介紹一間不遠處的診所，父親抱著我趕去求助。

到了診所我已血流滿面，醫生小心地為我清洗傷口，發現好在只傷到眼皮，縫兩針就好了。醫生看我發燒又虛弱，再為我打點滴，讓我在診所的床上睡了一陣子。點滴打完了，父親拿了一些藥，背著我離開，醫生一再叮嚀父親一定要讓我多休息，補充營養。

父親打算在花蓮讓我養病數天，但盤纏有限，想省下住旅店的錢，於是求助於一位在花蓮港務局海關工作的朋友。說是朋友，其實並不很熟，父親是硬著頭皮去敲門的，人家看到我受傷又病成這樣，實在不忍拒絕，才同意讓我們寄住他的宿舍數天。

待我拆了眼皮傷口的線，精神也完全恢復了，再跟著父親踏上往臺北走的旅程。

我們搭公路局公車走蘇花公路，到了蘇澳後，再換火車來到臺北，最後乘柴油小火車抵達北投。一走出火車站，我開始感到焦慮，我明白父親所提的育幼院快到了，我又要被放到一個陌生的地方。

# 育幼院

這家育幼院位於小巷內，門旁掛著「某某育幼院」的牌子。我一站到門前，就開始忐忑不安起來。

父親安撫我，說道：「要進入這家育幼院很不容易，因為原本它只收容無父無母的小孩，我寫信給主管單位，說明我們的困境，終於使育幼院接受，不然，你不知要流浪到何年何月？而且，你就要上小學了，一定要找個安定的地方落腳。」

我離開甲仙後不久，就在新竹的一家小型育幼院待過，有很不愉快的經歷，因此對育幼院沒有什麼好感。

但如今我又要進入另一家育幼院，身體內的根根神經如繃緊的弓弦，十分緊張，我沮喪又灰心地想：「媽媽死了，我會不會也死在這裡？如果死了，能不能也埋到甲仙山上，永遠跟媽媽在一起？」內心悲涼莫名，一股寒意傳遍全身。

父親帶我走進育幼院大門，警衛通報後，一位職員引導我們走進院區。辦公室位於左側，右側的花園內種植了一些柚子樹，盤根錯結，樹冠已結了不少果實。

我們再穿過一個矮圍籬的小門，踏入有座升旗臺的小操場，許多小朋友正在嬉戲，院內主要的建物有幼稚園、寢室大樓與飯廳等，散布在操場四周的山坡地上。

與操場相鄰的幼稚園外有鞦韆、溜滑梯、木馬等，大都是較年幼的院童在玩；而一種殺刀遊戲十分吸引年長的男院童，他們把操場邊五棵聳天榕樹覆蓋的空地，當作戰場，以一隻手臂當作刀，在樹蔭下追逐砍殺。

我是頭一次看到小朋友玩這種遊戲。有的院童個子小，但身手敏捷，仍可戰勝個子較大的對手。院童分兩國互相追殺，直到一方的人馬被殺光止。不少院童為了有沒有被擊中或是只是觸碰到衣角、頭髮等糾紛，爭吵不休。

另有幾個頑皮的男院童在比賽爬樹。那五棵老榕樹，排成一行，院童要善用樹冠枝椏相接的地方，由第一棵依序爬到第五棵，有的樹枝相接處看起來十分驚險，但手腳靈活的院童依舊能輕鬆過關。

若干院童看到我和父親走進院區，紛紛停下遊戲眼巴巴地跟著我們走了好長的一段距離。以後我才明白，有時外面進來的大人會好心地分給院童一點零食，因此院童逮到機會就跟著他們走，看看運氣怎麼樣。

負責接待的職員把緊跟不捨的院童趕開，再引導我和父親走進一棟兩層的寢室樓房，上二樓去見未來要帶領我的老師。

這裡的老師都是女性，以寢室為單位分組照顧年紀不同但同性別的院童。老師每天跟院童生活在一起，同時間起床、用餐與就寢。早餐後老師要護送排好隊的學生到外頭的國小唸書，放學回育幼院吃晚飯，晚間安排了寫家庭作業的自習時間。

我和父親走進兩側有成排窗戶的寢室，裡面的雙層鋁床以雙併方式排在兩旁，床上的枕頭、棉被、床單鋪擺得十分整齊。鋁床之間的走道通往寢室盡頭，有間小臥室，由管理這間寢室的老師使用。

我的老師姓陳，臉形扁圓，戴了一副眼鏡，走出她的小臥室，笑盈盈地迎接我們，很親切地低頭對我說道：「以後我就叫你阿牛，在這裡要乖乖的，要聽老師的話，爸爸很快就會來看你。」

我口脣掀動但難過得說不出話來，父親也對我說：「這裡的老師就像你的媽媽，會好好照顧你的。」一想到媽媽已不再世上了，現在又要跟爸爸分手，心中難過到極點，我不禁哭了出來。

父親趁我聲嘶力竭地大哭之際悄悄離開了育幼院。很多剛送來的院童，不願住進育幼院，常死命抱著送他來的人，大哭大鬧，所以大人們不得不利用各種方法脫身。

待我發現父親不見蹤影後，又哭了好一會兒，但聲量漸小，最後由啜泣變成了抽噎，陳老師早已去忙她的事情，只剩我一人在空盪盪的寢室內。

二樓寢室有座空橋通往山坡地，我含淚過橋，在小山上遠眺北投的平原，竟可以看到來往臺北與淡水之間的火車，在鐵路上冒著煙行駛。我判斷父親一定搭這火車離開，馬上放開喉嚨不斷地大叫「爸爸」，哭喊聲吸引不少院童圍觀。

後來數天我都抽空到這坡地望著火車哭喊，大家見怪不怪，再也不理我了。有一天陳老師同情心大發，走來安慰我說：「阿牛，你看，我手裡拿著是什麼？是一枝鉛筆，對不對？我正在寫信給你爸爸，要他來看你。」

我聽了頗為受用，暫時停止了對遠處火車哭喊的愚蠢行為，但是後來因為父親過了數月仍未來看我，而我聽到其他老師也對哭鬧不止的新院童說了類似的話，我才明白，當初陳老師說寫信給我父親是唬爛我的。

並不是所有剛到育幼院的院童都會哭鬧，許多是到了夜深人靜時才躲在被窩內啜泣，一個人哭引發其他人此起彼落地哭，待老師出來制止才靜下來。而我入睡後如以往一樣，那件令人不愉快的情景一再出現夢中：我被推入蔗田地洞中，哭喊求助，而周圍的人如泥塑木雕般不為所動。

我到育幼院報到時才約六歲，還沒有資格上小學，必須先到附設的幼稚園上課，這個幼稚園也收院外一般家庭的學生。

上課時我發現多數小朋友已學會了注音符號，認識一些國字，並會簡單的加減運算，但這些對我來說，有如無字天書，所以每天只能跟著哼哼歌、畫畫圖，打發上課時間，最後在上小學前還是能受頒一張畢業證書，至今仍保存著。

到了上小學的階段，我要到育幼院外的國民小學讀書。學校位於另一座山的山腰。院童排著隊由老師帶領上學，先往下走一段坡地，經過位於狹谷的北投公園，再攀登相當長的階梯，才能抵達校門。

我原本很喜歡上學，因為可以離開院區到外面走走，看看不同的風光，但學習能力太差，到學校讀書最後成了苦差事，倒盡了我的讀書胃口。

功課好才能考上好初中，小學要求十分嚴，偏偏我又碰到一個十分認真的導師。放學時間到了，她要求學生一個一個到她面前背課文，先背好先回家，我明白我根本背不起來，就在教室假裝看著書，反正撐到最後一定放行，導師總也要吃飯吧！

背九九乘法表對我也是艱難的任務，死背活背，要升三年級了，仍背不起來。月考成績不佳是要被老師用藤條打的，我班排名總是倒數，算術到了三四年級以後幾乎沒有及格過，因此手心與大小腿吃了不少棍子。

我每天上學的心情，跟肩上背的書包一樣沉重，在教室聽課時備受煎熬。盼到放學了，一回到育幼院，書包一扔能玩就玩。家庭作業則借同學的來東抄西湊，應付了事。國小校方把來自育幼院的小孩分散在各班，每班約兩三名，功課多半不怎麼樣。

育幼院老師比一般家庭的媽媽忙上許多，一個人要帶約四十個院童，由一大早起床照料到晚間上床，院童生病、受傷、逃學、打架、偷竊、尿床、打掃、洗澡、吃飯、縫補衣物、內務整潔、跟家長與學校老師溝通等大小事都要處理。

所以老師不可能像一般家庭的父母一樣，再有力氣去關心院童的功課完成了沒有、程度是否跟得上、對讀書有沒有興趣這類的事。在這種環境下，院童能不能讀好書，全憑自己的造化。

我不愛上學，但在我四年級時，育幼院設置了一個十分吸引我去看書的地方，那是一間小而美的圖書館。我站在深鎖的大門外，透過玻璃可看見陳列在書櫥內的書名有《阿輝的心》、《愛的教育》、《萬里尋母》等，外表亮麗鮮明，算一算有數百本。

第一次看到《萬里尋母》書封面上的「尋母」兩字，讓我心情悸動了一下，但隨後想到，媽媽已過世，即使我回到甲仙也找不到她了。

我動不動到圖書館外隔著玻璃張望那些書，對那本描寫尋母的書充滿了好奇心：「故事的主角，一定跟我一樣，天天想著媽媽，他最後有沒有找到呢？還是很不幸的，媽媽也到了另外一個世界？」

終於有一次我鼓起勇氣怯生生地仰頭問一位由圖書館內走出來

的職員：「我可以進去看那些書嗎？」他沉下臉來，又冷又硬地回答：「只有在各種節慶與外賓來參觀的大日子才會開放。」

於是我多方打聽，終於發現育幼院的院慶快到了，那可是個大日子，屆時一定會開放圖書館。好不容易等到了那一天，我一大早就往圖書館跑，想到終於可以翻開那些琳琅滿目的書籍而興奮異常。

到了圖書館，令我大失所望，圖書館的門是打開了，裡面的書櫥仍是緊鎖著，原來那些漂亮的書只是供外賓參觀的，輪不到我們碰。

育幼院讀書環境差，讀書風氣就不用提了，大多數院童，視上學為畏途，所以不少人常以裝病來逃避上學，甚至認為生病是件快樂的事。

因為生病了，不但可以不去上學，還能住進保健室內的病房，自由自在玩上一整天，真是快樂，此外，傳說中、晚餐都有肉鬆可吃，也令大家十分嚮往。

有一天輪到我的「好日子」來臨了，起床後發現我鼻水流不停，於是擺出一副楚楚可憐的樣子跟陳老師報告，她摸摸我的額頭說道：「看起來發燒十分嚴重，好吧！今天你不必上學，我到學校幫你請假，等一下到保健室等護士來為你看病。」

我興高采烈地到保健室報到，只要不上學，好像病一下就好了。病房另有一個「幸運兒」，很快地跟我玩在一起，一看到護士進來，兩人就不約而同躺在床上假裝休息。

接近午飯時間，我整個人更為活躍了起來，因為馬上可以享受到傳說中的美食。廚工為我們端來的菜飯，果然沒有讓我們失望，我情不自禁地說道：「哇！真的有配稀飯的肉鬆。」

我的病友臉上也露出高興的光彩，望著桌上托盤裡的一盤肉鬆，高舉雙臂搭腔：「今天總算沒有令人討厭的青菜蘿蔔了。我生了好多次病，只有這次才請假成功。」

院童要得到老師病假的許可十分不容易，因為不想上學而裝病的人太多了，大多數的請求都被打回票。久而久之，有些院童有點不舒服如發燒、咳嗽或流鼻水之類的，會自認為不算是生病，依舊乖乖地排隊上學。

那天晚間，好像我是剛度了一個美好的大假回來，許多院童圍著我嘰嘰呱呱地問東問西：「阿牛，你今天一定是裝病！」「老師對你好好。」「你每餐都有配稀飯的肉鬆對不對？」語氣既嫉妒且羨慕。

院童早餐吃醬菜，中餐晚餐大都是一盤青菜、冬瓜或蘿蔔，口味清淡如水，大家自然會把在病房中可享受的肉鬆當作難得的美味佳餚。

有些膽大而不想上學的院童乾脆自己放自己的假，翻牆逃離育幼院。他們多半被家裡的人送回來；有的是在外混到肚子餓得受不了，不得不自行回院；被警察帶回來的，算是較特殊的例子。

當然，逃學回來的都會被育幼院老師修理一頓。我的好朋友劉國明，好像皮厚不怕打而經常逃學，有時一週都不見人影，學校與育幼院老師都為他頭疼不已。

劉國明有一天眉飛色舞地跟我說：「阿牛，明天是週日，我帶你翻牆出去看電影。」我很好奇，身無分文的我們，如何能進入電影院？他神祕兮兮地說道：「這個辦法現在還不能說給你聽，到時候你就明白了。」

當晚睡前我心癢難熬，因為十一歲大了，從沒有看過電影而充滿期待。第二天下午，我和劉國明趁老師睡午覺時，翻牆到了院外，直奔位於市場旁的戲院。

原來劉國明帶我進入電影院的方法是在門口苦苦央求正在買票的大人帶我們進去，我們個子小只要有人帶，可以免票的。

劉國明先示範給我看，他雙手合十以乞求的聲調向大人說：「叔叔您好，請帶我進去好不好？我家人沒有錢讓我買票看電影。」他模樣可愛，聲音純真，試到第三位時，被人帶入了戲院。

他進去後躲在收票員身後不遠處，不斷向我擠眉弄眼與招手，神情興奮又十分焦急。

我變得張皇失措，不知如何是好。我在賣票窗口外閃閃縮縮，欲前又止。終於站定好身子，對著大人，但口唇掀動了一下，卻說不出話來，好不容易吐出聲音了，但語無倫次，人家根本聽不懂我在說些什麼。

最後我不得不放棄，向裡面的劉國明招了招手，意思是要他自己進去看電影，我要先回去了。

劉國明沒好氣地從裡面走出來，劈頭就責備了我一頓，說道：「早知道就不帶你出來了！」我雙頰發熱，拚命搔著頭，再自己打了自己的頭一下，連珠炮式地說「對不起」。

不看電影了，我們決定在北投各地走走看看。他常翻牆到育幼院外面逛，所以熟門熟路。

北投公園是我們院童天天上下學的必經之處，但少有機會好好地逛一逛它幽靜而雅緻的環境。花木扶疏的公園有石板路與石塊砌成的拱橋，青色的石面生滿了青苔。

拱橋下小溪冒著硫磺水的煙，味道嗆鼻。院童洗澡不論冬夏都使用由後山地底冒出來的硫磺溫泉水，大家都洗怕了，我們對這種會冒煙的水興趣不大。

冒著煙的溪水蜿蜒於北投各地，我們沿著溪邊拐彎抹角地走，看看有沒有好玩的地方，發現溪盡頭處是一座山谷，蒸騰的熱氣，鋪天蓋地而來。摸索走進去，伸手不見五指，硫磺味更濃，我們到了北投名勝地獄谷。

我對劉國明說：「地獄谷只不過像一間育幼院的特大號浴室，裝了更多難聞的硫磺水，沒有什麼好玩的。真搞不懂為什麼有這麼多人喜歡到北投用硫磺水洗澡？」

劉國明眨了眨一隻眼後對我說：「其實，很多人來北投是為了野雞。」我不懂他指的野雞是什麼，他四處張望一下，看到一輛機車載了一名女士，風馳電掣而過，他努了努嘴，說道：「你看，那個小姐就是野雞。」

接著，他搖著頭抑揚頓挫地唱了一首北投小朋友常唱的歌謠：「北投風景好，野雞到處跑，只要你有錢，包你樂到飽。」

野雞是對當地應召女的戲稱，是個不尊重她們的名稱，有專門的機車隊載她們去接客，穿梭北投大街小巷，蔚為北投特殊的街景。

她們一般打扮明艷照人，紅脣配著細眉長目，雙頰抹著過濃的紅色胭脂，偏好有雞窩頭之名的高聳髮型，多半穿著開叉很高的窄裙，側坐在機車上，露出大腿，裙擺隨風搖曳，所以很容易辨認出來。

在育幼院大門對面的一間平房，是她們的住所之一，有時卸了妝的她們會聚在院子聊天，不少頑皮的院童經過時，常故意唱那首歌謠來逗她們，她們懶得理我們這些小鬼頭。經劉國明的說明，我才瞭解北投原來是個頗為有名的「溫柔鄉」。

離開地獄谷，我們信步而行，在若干溫泉會館的外頭觀望，竟然在一家門外，碰到國小的同班同學。他是學校有名的高個子，這家溫泉會館是他家開的，跟他交談時，他媽媽出來跟我們打招呼，端出一些土芒果就在門口招待我們享用。

　　那是我第一次吃到這種水果，真香甜可口，不誇張地說，我差一點連皮都吞了下去。在育幼院三餐外，少有零食享用，個個都變成貪吃鬼，若干院童甚至把人家吐到地上的泡泡糖撿起來繼續咀嚼。

　　吃了土芒果後，意猶未盡，劉國明又有了新點子，他故作輕鬆地說：「阿牛，我帶你去一個地方摘芭樂，想吃多少就有多少。」他賣個關子，不透露要去的地方，我聽了樂不可支，跟著他走到北投中學旁的一處坡地。

　　劉國明先由一處雜草叢中抽出一根預先藏好的竹竿，竿子一端早已剖裂了一小段，他隨地拾起一根小棍子，橫向塞入裂開處，再以草為繩綁緊一點，構成一個十字形，裂開的部位加寬許多，成為採芭樂的利器。

　　他得意地說：「上次我來時，芭樂仍太小，沒有成熟，所以沒有下手，但是今天看來我們有口福了。」他說的芭樂在哪裡呢？我四處張望，沒有看到芭樂樹，然後隨著他手持竹竿操作的方向，才知道是在人家的後院內。

院子位於較低的地方，我們站在高處，牆因此低了許多，伸頭往下看，芭樂樹冠上的芭樂幾乎伸手就搆得到。劉國明持竹竿稍為往下延伸，夾住再扭轉幾圈，就把芭樂連葉帶梗地採下來。沒多久，吸引了幾名少年來看熱鬧，看來是想要「見者有份」。

可是，才摘了四五顆，一個穿著汗衫的男子由屋內走出來，雙手插腰仰頭對著我們厲聲大罵：「賊仔！」有個看起來是個初中高年級的少年，表現令我佩服不已的勇氣，竟然由圍牆伸出頭向下嬉皮笑臉地說：「在你前面拿，應該不算是偷吧！」

男子氣不過大罵：「夭壽猴死囝仔！」掉頭進入房間，要繞道跑上來捉人，於是大家一哄而散，我和劉國明也急忙扔掉竹竿與芭樂，撒腿朝另一方向跑。

芭樂的饗宴泡湯了，好在回育幼院後，老師並沒有察覺我們在外混了數個小時，算是不幸中的大幸，否則一定會被責打一頓。

由那天起，我才知道不少院童把到院外偷東西當作好玩的事，有的人還會大方地把「戰利品」分給其他院童，那就更神氣了。臺語俗諺說：「細漢偷挽匏，大漢偷牽牛。」如果完全應驗，育幼院可能會培養不少江洋大道。

近墨者黑，我在育幼院不算是膽大的，但為得到其他院童的認同，也做了若干小小偷的勾當。長大後回想起來，不禁感到膽顫心驚而為自己捏把冷汗。因為一旦不正確的價值觀念與不良的習慣成形，不無可能由「挽匏」惡化成「牽牛」。

在「芭樂事件」後不久，我發現育幼院附近一家幼稚園內，有棵巨大的楊桃樹，是另一個可以下手的目標。它枝葉茂盛，星形水果碩大，橙黃色澤由果心擴散開來，綠色最後只呈現在最外圍的五六條稜邊上，三五成群地垂掛在枝條上，看起來美麗又可口。

我和劉國明商量，趁晚間翻牆出院偷採楊桃。那天晚上，在小臥室的老師看來睡著了，我悄悄下床去拍拍劉國明的頭，沒想到他睡得很酣，一時忘了我們預定的任務，但醒來後揉了一揉惺忪的雙眼，立即跟我摸黑翻過育幼院的牆，到了那家幼稚園，再翻牆進入院子。

我們爬上楊桃樹，摘下來的楊桃全部塞進汗衫內，劉國明就趴在樹幹上大嚼特嚼起來，小聲對我說：「有的好酸，真難吃。」我焦急地對他說道：「採完了回去再吃吧！萬一有人來了怎麼辦？」我們汗衫鼓得塞不下了才回去，第二天以英雄姿態分給院童們，引來一片歡樂聲。

有些院童設計了一種可以在光天化日下為之的「打游擊戰

術」，也就是突襲人家的果樹，衝進去採到了手就跑。一般主人跑出來發現只是一些小孩子在搞鬼，大都罵罵就放過了，很少有人會追趕到底。

某個假日四個高年級院童組成的一支小隊邀我和劉國明外出打游擊，由於為數不少，「軍容」看起來頗為壯盛。我們漫步而行，發現各戶人家的果樹不是太高，就是圍牆難以翻越，下手成功機會不大。

走到了我們就讀的國小附近，大家發現有個日式平房院子的木瓜樹夠矮，稍微攀爬一下就搆得到那些木瓜，數一數有近十顆已黃透成熟。最重要的是，院子的木門大開，是個千載難逢的好機會。

於是二話不說我們潛入院子，由最高的院童負責摘木瓜，再以接力方式一顆一顆傳遞出來，動作俐落，不要一兩分鐘，我們每人樂不可支地各自抱著一兩顆木瓜離開現場，躲到沒有人的地方剖開吃得精光。

到了第二天上學參加朝會時，我們才知道前一天的行動竟然是在「太歲頭上動土」。

女校長在升旗臺上致詞時氣憤地說：「昨天有幾個小朋友到我家院子偷採木瓜，被鄰居小朋友看到，他說有些小朋友穿著我們學校的制服，可見一定有我們的學生參與這種不光明的行為。校長不在乎幾顆木瓜，但在乎學生破壞我們學校的名譽，也很擔心學生從小養成這種不良的行徑，未來會變成社會的敗類！」

在朝會隊伍中，我一聽到這位女校長的諄諄告誡，趕快俯下頭來，擔心人家看到我惶恐的神色，但我偷偷觀望與我相距不遠的劉國明，卻在低頭竊笑。

下課休息時間他來找我，一副充大人的神氣，頗為得意地說道：「阿牛，我昨天就知道是校長家，但擔心大家害怕不敢動手，所以不想說出來。」

我有些緊張，因為他很喜歡到處誇耀他的「英勇事蹟」，連忙跟他以小指頭打個鈎鈎，叮嚀這個祕密，千萬不能說給任何人聽，否則一旦傳到學校老師耳中，追查起來，後果不堪設想。

劉國明調皮又敢做敢為，在育幼院經常被老師修理，名列院童中的「黑名單」。老師一天二十四小時帶領數十名年齡不同的院童，工作繁重而不得不採取類似軍事化的管教，體罰如同家常便飯。我在老師眼中算是乖的，也吃了不少打。

有一天十分炎熱，我實在不想擠進只有溫泉水的浴室洗澡，於是把手腳沾溼，佯裝洗過了澡。才走出浴室，沒想到陳老師就站在浴室門外，她問我：「阿牛，有沒有洗澡？」我騙她說洗過了，於是她用手指用力搓我臂彎上的皮膚，馬上搓出一塊泥，然後用藤條狠狠打了我一頓。

老師體罰院童司空見慣，院童間私下的暴力行為也相當嚴重，受害者跟老師告狀，事後很可能被施暴者再修理一次。所以院童之間有不愉快的事，大家盡可能自行化解，漸漸地，拳頭大小隱然在院童間形成一種不成文的排行，我外表斯文，打架不夠狠，排行不高。

有位才由中國大陸逃難出來的吳姓院童，學業能力太差，不得不降了三個年級來跟小他三歲的院童一起上課，他體格已屬初級中學的階段，孔武有力，常靠暴力解決問題，一時成為大家的頭頭，稱他為吳老大。

所有院童都是小學生，打架動作有個潛規則，以推人和扭抱為主，盡可能避免直接毆打對方身體，而吳老大動手打人時，常動用拳頭，甚至會用石頭砸人，夠狠又兇殘，大家十分怕他，不少院童會找他當靠山。

有幾位院童是吳老大的跟班，大伙前呼後擁地走在一塊兒。吳老大聲音洪亮，會要求身邊的院童：「快去把我的書包拿來！」「借我作業抄！」更過分的，常還會跟有零用錢的學童借錢。有些院童十分怕他發威或生氣，對他的事不敢稍有怠慢，甚至對他說一些噁心巴拉的馬屁話。

多數院童不喜歡吳老大神氣活現的模樣，更討厭他動不動以大欺小的行為，紛紛跟他保持一點距離，我和劉國明也看他不順眼，能閃則閃。好在他在育幼院待不到一學期就離開了，院童因此感到輕鬆許多。

育幼院讀書風氣不好，偷竊與暴力盛行，院童在這種環境很容易學壞，走上了難以回頭的歧途。我很幸運認識院童李明希與李木蘭兄妹，是兩個奇特的例子，讓我看到向上的力量，他們對我多少有些正面的影響。

有一天半夜我下床到一樓上廁所，在樓梯轉角處，聽到斷續而細碎的讀書聲，轉過去發現是李氏兄妹站在那裡，他們讓了一讓位置，方便我通行，但頭都不抬一下。我以為他們在看漫畫書，很羨慕地湊過去察看個究竟，心想也許有機會借來看。

李明希有點不耐煩地對我說道：「阿牛，我們在讀書，不要來鬧。」他妹妹立即轉過身子背對著我，原來他們在讀教科書。睡覺時間一到，寢室關燈，他們就跑到樓梯間利用那裡的燈光捧著書讀，常到了凌晨一時左右才就寢。

他們的行為違反院方就寢時間的規定，不過，老師對他們用功的表現深受感動而不去干涉他們。他們在國小的成績一直很優異，有次校長在朝會公開表揚他們。

校長說：「各位小朋友，跟育幼院院童相比，你們都有良好的家庭，有愛護你們的父母，優良的讀書環境，但是李明希與李木蘭這兩位來自育幼院的小朋友，克服環境的困難，善用時間讀書，功課一直名列前茅，大家都應跟他們學習。」

李氏兄妹在樓梯間念書的事情也傳到了校長耳裡，所以校長還把他們比喻為一位用功的古人，為大家說了一個「鑿壁借光」的故事，我聽了悠然神往，對李氏兄妹既羨慕且佩服。

回到育幼院後，我跑去找他們，對李明希表示，想跟他們一起讀書，沒想到他眉心打結眼睛閃爍不定，最後提高聲量對我說道：「阿牛，你要讀書，找其他地方去，不要跟我們擠在一起。」他身邊的妹妹也疾言厲色拒絕。

我碰了一個釘子，心中有點不快，但並不氣餒，依舊有樣學樣利用一樓廁所的燈光看書，距離他們只有幾步遠，好像這樣就能感受到用功的氣氛，但我一看書就呵欠連連，「鑿壁借光」只持續兩三天，就放棄了。

國小校長在朝會表揚李明希兄妹時，談到了院童跟院外學童家庭環境的差異，校長用意良善，但這種比較一直是院童難解的心結。

「院內」「院外」的區分在我們內心築起了高牆，院外小朋友在學校享用的便當豐盛許多，有所謂「媽媽的味道」，天天有零用錢可買零食，有家人接送上下學等，在在讓我們院童感到很不好受。

自卑心作祟，引發集體防衛心，不少院童甚至會仇視院外的小朋友，如果院外的小朋友再露出鄙夷的神情，甚至說出「那些沒有爸爸媽媽的學生」這類不友善的話，關係會變得更惡劣。

院童大都不太願意在院外學童前打開窮酸的便當，學校午餐時間到了，除非下雨，各年級院童大都帶著便當離開教室，躲到校園森林區的一個角落享用。多數院童懶得帶筷子上學，吃便當時是以便當盒的蓋子劏著菜飯入口。

很多院童跟「自己人」相處就有說有笑，回到教室立即變得沉默寡言，這種內心的隔閡，有如導火線，易造成衝突，甚至動手打架。

有一次我捧著便當往校園的森林區走，不小心跌跤，便當菜飯灑滿地，一名男生在走廊看到我的糗樣子而指著我哈哈大笑，我怒火中燒，衝過去想打他，他急忙躲進教室坐回座位，我看到他桌上打開的便當菜色十分豐富，盛怒之下，把他的便當打翻到地上。

還有一回在校園我看到班上某院童正在跟院外學生打架，看來落居下風，我不由分說地立即加入院童這方，來個二打一，事後還以自己「見義勇為」的表現來向其他院童吹噓。這種院內外學生打架事件層出不窮。

最壯觀的打架事件發生在放學後的北投公園，有五組學生同時在各角落進行，每組都是院內與院外的對幹，有的抱著互扭，有的滾在地上使勁壓制對方，圍觀者搖旗吶喊，最後取勝的都是較為兇狠的院童。

院童帶到學校的便當的確十分窮酸，但沒有比較，就沒有傷害，也不會去傷害別人。同樣的粗茶淡飯放在院內享用，完全沒有問題，在「高牆」內過日子，人人頗能自得其樂。

院童平常每餐只有一道素菜，不外乎大小白菜、蘿蔔、冬瓜、韭菜花之類，由於少肉少油，許多院童變得飯量奇大的「小飯桶」，而且吃什麼都覺得美味可口。

我們吃軍用米，稻殼、石粒與米蟲特多，碗也是阿兵哥用的鐵碗，容量特大，但在吃飯開動令一下達後，大家表現不輸給阿兵哥，很快可以吞下兩大碗。

曾有個新來的院童，一時適應不了育幼院的菜飯，早餐不吃，午餐也直接把菜飯倒入飯廳外的餿水桶內，但到了傍晚，他餓到幾乎是拖著身子走進飯廳，來跟大家一起用餐，從此以後，他什麼菜飯都吃。

院童難得擁有美食時，一定想辦法躲到別人見不到的角落偷偷享用，最好立即下肚，囫圇吞棗也在所不惜，否則，「見者有份的丐幫」一出現，團團圍住你，個個擺出垂涎三尺的樣子，想要不分點給大家也難。

我到了六年級時加入另一種「丐幫」，在飯廳用餐時，我們會輪流到門外守候。引頸等待端著托盤的廚工經過飯廳，托盤內是一盤盤辦公區職員所吃剩下來的菜，守候的院童搶得先機，一看到廚工馬上踮著腳尖，高舉著鐵碗，央求廚工把一些剩菜倒給他，「丐幫」其他成員跟著蜂擁而上。

為數不多的職員在辦公區吃的菜餚，由廚工另外料理，有肉、蛋、豆腐、果蔬等，比院童和老師在飯廳中集體吃的大鍋菜豐富又美味，即使托盤內的菜已被一掃而空，院童也會請廚工把盤底僅存的油倒出來，用碗小心翼翼地接住，混著米飯吃，味道不輸給滷肉飯。

「吃」一直是院童最關切的議題，人人有個小雷達，跟著食物來轉動與探尋。院內某天沸沸揚揚傳出一個大家有機會出去吃大餐的好消息，引起一陣騷動。院童天天青菜蘿蔔吃怕了，想到有機會可以吃大魚大肉，人人都很興奮。

「阿牛，你知道老師要帶我們其中一些人到外面餐館吃大餐嗎？你知道是那些人？」沒想到一向消息靈通的劉國明跑來問我，神情有點緊張兮兮的。

「有這種好事？我從沒聽過啊！」我聳眉瞪大雙眼表示吃驚。

「聽說，平日表現好的院童，才有資格出去。」李明希也興沖沖地來參與討論，言談間眼睛雪亮，對自己很有信心。

「那我一定沒希望了。阿牛應該很有機會。」劉國明有點洩氣，拍拍我的肩膀。大家一想到大餐，不管是牛排或牛肉麵，就忍不住吞嚥口水而興奮起來。院童認定只要有大塊肉的餐點就屬大餐，再加點想像，更為誘人。

從此以後，院內上下頓時安靜許多，人人努力表現得十分乖巧伶俐，盼能給老師一個好印象，個個眼神充滿了期待。

果然三天後，老師一一點名有資格外出的院童，除了我之外，李明希、李木蘭都入列，沒想到劉國明也有，由一年級到六年級共約三十名。被選中的樂得像猴子一般，跳上跳下。

然而老師宣布的活動內容令大家大失所望：女院長過兩天要到日本考察人家的育幼院，選中的三十名院童要跟著去松山飛機場送行。

不是要出去吃大餐嗎？到機場為院長送行，跟大家的期待差距太大了。

劉國明不知從哪裡得來的內線消息，跑到我耳邊輕輕地說：「被選去送行的院童，都是看起來比較健康的，最好有點胖胖的，到外面亮相時比較好看。」原來我們是「營養代表」，和平日表現乖不乖毫無關係。

出發日子到了，當天一大早院長走在隊伍最前頭，數名老師分組帶領三十名院童，先步行到新北投火車站搭小火車，到了老北投火車站，再換大火車，大火車到了臺北市，出站換乘公車，一路抵達松山飛機場。

院長到了機場，加入了一個旅行團，跟我們送行的老師與院童保持了一點距離。

旅行團裡面若干人不時轉頭看看我們，院長笑容滿面地對他們說了一些話，其中有位打扮入時的女士走過來端詳我們，用她柔軟豐膩的手摸摸女生的頭，捏捏男生的臉頰，捏到我時，我把它當作是媽媽的手，感到十分溫暖。

跟我們打完招呼後，這位女士轉過頭，提高音調對院長說道：「院長，妳育幼院的小朋友好可愛，看來都很幸福快樂。」

劉國明湊到我耳邊輕聲地說道：「看吧！我就說我們是營養代表。」他的話被一名老師聽到，白了他一眼並說道：「話不要亂講！」劉國明吐了吐舌頭，扮了一個鬼臉，馬上緊閉嘴巴。

院長通關時，跟我們揮手道別，我們在老師帶領下揮手揮得很賣力，並且齊聲喊：「院長一路順風！」只是我原本以為可以近距離看到飛機，結果只在大廳內聽到一陣陣飛機引擎嘶吼的聲音，令人興趣索然。

離開飛機場，我們要循原路回育幼院，近中午了，大家飢腸轆轆，天氣又十分熱，就在大家有點煩躁不安之際，老師終於宣布，我們要到臺北市一家牛肉麵館吃中飯。人人馬上樂得手舞足蹈，原來吃大餐是真有其事。

到了牛肉麵館，我們魚貫而入，老闆站在門口歡迎，他哼著進行樂曲，兩手像樂隊指揮不停地揮舞，看來生意上門心情特好。

大家坐定後，老闆扯開喉嚨問院童：「要吃小碗的請舉手？」他要算碗數，可是，現場無人舉手。接著他問：「那要吃大碗的請舉手？」三十人全舉起了小手。老師有點遲疑地向若干小女生問道：「妳們確定吃得完？」她們瞪著大眼用力點著頭。

不久大碗麵紛紛上桌，大家很痛快地享用了一頓牛肉麵大餐，大都吃得碗底朝天。若干一二年級女生把肉吃光了，麵條實在無法全部硬塞下她們的小肚子，碗內剩下的一些，被別的院童看到了，立即端去唏哩呼嚕吃光光。

在回育幼院的路上，我向劉國明說：「今天大餐吃得真過癮。好不容易逮到機會在院外餐館用餐，只有笨蛋才會吃小碗的。」

他回應得頗有道理：「其實，不少院童不見得吃得下大碗的牛肉麵，只是覺得叫小碗的很吃虧，所以就算吃不下也要叫大碗的。」

那是我生平第一次吃牛肉麵，回味無窮。另外跟口福有關的人生第一次是喝彈珠汽水，來自一個院童阿嬤的熱心招待。

阿嬤共買了四打，招待跟她孫子同一寢室的院童。她仔細地指導大家如何打開瓶口，陪著大家津津有味地仰頭喝完，我舔一舔嘴脣，發現有檸檬的味道。

其他寢室的院童在門外探頭探腦，流露「為什麼只有你們有」的不甘神情，其中有院童酸溜溜地說，他以前早喝過了。較可惜的是，阿嬤回收了全部的空瓶子，否則我們會想盡辦法把裡面的彈珠取出來玩。

育幼院院童不要說喝汽水、可樂、罐裝飲料等，許多連開水都很少喝，如果說，他們是「喝自來水長大的」並不為過。

為什麼只喝自來水？育幼院窮到連開水都不準備嗎？那倒不是。

育幼院的開水放在廚房外頭鋁製的大茶桶，院童口渴了，要老遠跑去那裡，扭開茶桶水籠頭，使用公共的杯子接水喝，可是，能否喝到水全憑運氣。

運氣不好時，會發現茶桶的水已被喝光，或是廚工剛把煮開的水倒進去，滾燙得無法入口，一大桶水要花不少時間變涼，沒有耐心等的院童只好悻悻然離開。

這時，對我和不少院童而言，最方便取得的，就是自來水。

育幼院廚房只有一個，但廁所不少，一排排洗手檯上的水龍頭都供應自來水。我們在院內各角落玩耍，口渴了想喝水，走到最近的廁所，打開水龍頭，把嘴湊到出水口，自來水咕嚕咕嚕灌到肚內。碰到天熱時，順便沖沖頭洗洗臉，真是爽快。

我與劉國明等人喝自來水喝成了習慣，到國小上課時，也照喝不誤，但是運氣不錯，混到小學畢業都要離開育幼院了，肚子沒有發生過任何問題。

不過，在我要離開育幼院前，院內發生了男院童「受寵」的事件，令我好像吞了一隻活蟑螂進肚子一樣，極度驚愕又十分噁心。

院童國小畢業後，要告別育幼院回到自己的家或其他可以收容他們的地方。我和劉國明等少數院童決定多留三個月，等到初級中學開學時再離開。

我們變成院童老大，不必按時吃飯、上床睡覺與起床，而且報備一下就可以出去玩，天天有如在度假。

有一天劉國明跑來，看看四周無人，才輕聲地對我說：「阿牛，告訴你一個天大的消息，我們新來姓鄭的女老師會帶賈忠信出去看電影，看完了還一起上館子用餐，並買了好多東西給他。」

跟我不同寢室的賈忠信比我小一屆，但高大強健而膚色黝黑，臉龐成熟，跟我們稚氣未脫的樣子差別很大。

我聽了呆了一呆，接著以充滿羨慕的語氣說：「那麼，鄭老師就像賈忠信的媽媽了，賈忠信真好命，有媽的孩子像個寶。」

沒想到，劉國明很認真地說：「阿牛，真的不是跟你蓋的，賈忠信不是媽寶啦！約四十歲的鄭老師是在跟他談戀愛。」

媽呀！這真是驚天劈地的大消息！但我半信半疑地回答：「你亂說的吧？誰這麼大膽？」

劉國明接著表示，他一開始也不信，於是某天跟蹤鄭老師與賈忠信大半天，目睹他們一起出去吃喝玩樂，最後搭火車離開北投，不知道去了哪裡？證明大家傳言不假。

最後他忍不住提高聲調對我說：「不信，你去問李明希，他看不慣賈忠信的所做所為，開始帶頭對抗他，我當然加入了他這邊，我們代表正義的一方。」

李明希就是「鑿壁借光」的好學生，跟我同歲數，但才要升六年級。他頭腦靈光，能言善道，處理問題能力很強，儼然已成為院童中的帶頭者。於是，我和劉國明一起去找他談談這個師生戀事件。

李明希聳聳肩對我們說：「我不想管都不行。很多院童跑來跟我表示，鄭老師一再偏袒賈忠信，讓他享受各種特權，連他隨便打人也沒有關係。」我皺了皺眉說：「太過分了，有沒有人跟院長反映？」

李明希苦笑了一下，神情嚴肅地說：「很可能院長有不可告人的把柄握在鄭老師手中，現在連院長都很怕她。所以她才敢在院內和賈忠信並肩橫行霸道！」

我和劉國明不禁同時發出「啊」的一聲。媽呀！這情節太戲劇化了吧！院長會怕老師？院長是育幼院最有權威的人，院內誰遇到她都要彎腰鞠躬說聲「院長好」。

李明希露出不屑的神色，俯下身來，輕聲細語地對我們說：「這消息是由我妹妹那兒聽來的，院長的先生有些行為引起了很多流言，聽說院長為了這件事一再跟他爭吵，我相信鄭老師一定是用這件事來挾持院長。」

院長一家人住的宿舍位於院內偏遠的角落，一般人都敬而遠之，我從沒有見過什麼院長先生。劉國明也是第一次耳聞所謂院長把柄這件事，興奮得拍手跺足，再眉飛色舞地說道：「沒想到，我們院童真厲害，可以讓院長都讓他三分！」

李明希不明白古靈精怪的劉國明是在說反話諷刺，現出怒意並以很嚴厲的語氣糾正他，說道：「這不是厲害，是受害。賈忠信也只是被利用的笨蛋！」劉國明咧開嘴扮出一個逗趣的臉來回應。

院童從此分成了旗幟鮮明的兩國，李明希有一批支持者，另一批人屬賈忠信那邊，有鄭老師撐腰，聲勢活大。居間協調的院長，率領教職員，擔心把事情鬧大，拚命化解糾紛，可算是第三勢力了，好戲一齣齣上場，有如育幼院版的三國演義。

育幼院到了李明希、賈忠信那一屆開始，院童可以一直待到中學。青少年上場後，三方鬥而不破的競爭更為激烈，那時我已離開。數年後，由報紙得知鄭老師最後跟離院後的賈忠信結了婚，沒多久，他們以離婚收場。

# 中學生

離開了育幼院，我搬到臺北縣南港與父親同住，每天搭火車前往基隆念某初級中學，告別一再受創的童年生涯。

南港是臺灣北部的工業城，父親離開花蓮山區，在這裡的工廠找了一個勞力工作。他租了一間以木板相隔的小窩，只有兩坪大，擺一張兩人擠在一起睡的單人床，再放一張小桌子就快滿了，居住環境比育幼院還差。

有一天我放學回到家，在門外無意間聽到跟父親聊天的朋友說了一句：「有沒有想過跟阿牛他媽媽聯絡？」父親一看到我出現在門口，表情訝異，眼珠亂轉，吞著口水，神色不安地轉開了話題。

這句話，令我心中陡然一震，迅速地轉念而明瞭有一個天大的隱密事情被戳穿了，原來我媽媽並沒有過世。難怪父親在花蓮欺騙我時，神色不安且舉止怪異，看來只是要讓我死了一直想找媽媽的心，全心全意跟他在一起。

我雙手因為緊張而握緊了拳，然後又鬆開來。看到父親不知如何自處的模樣，我沒有追問下去，心想，反正只要我再長大一點，誰也擋不住我回甲仙，去尋找媽媽。

我尋根的決心油然而生，在我腦中逐漸褪色甲仙風光，如農舍、水田、果樹、青山、綠水與親友的樣貌等，再度鮮活起來，令我又想到媽媽滿懷恨意地對我說「他是個假爸爸」的情景。

我再一層一層地思索下去：假爸爸為什麼把我由甲仙帶走？看來是為了報復有如烈火般的情仇，那我算什麼？仇人的小孩嗎？難不成他對我也有一股難以宣洩的恨意？如果我是他親生的，他忍心把我送到寄養家庭與育幼院嗎？

接著，我又忍不住浮出一些念頭：媽媽為什麼如此狠心拋棄親骨肉？她和她口中的「真爸爸」怎麼放心把我交給一個對他們滿懷恨意的人？難道不擔心我會成為出氣的對象？他們可曾關心我流落到何方？我的日子過得好不好？

幼時一再被拋棄的夢魘與孤獨無依所帶來的恐懼，再度縈繞於腦際，我不由得開始用心探索一個問題：多年來，在我的惡夢中，那個推我墜入蔗田地洞的黑影到底是誰？

發現母親仍在世上，令我喜出望外，可是，由於無法接受父親對我的欺騙，從此以後，父子之間的隔閡日增，對話漸少，最後恍如各自生活在不同的世界。

我對媽媽的想念已不再像幼年時那般強烈，不過，我深刻覺得她的出現，有如一道曙光，不但能夠引導我未來的尋根之旅，並可以帶領我走出曲折的暗巷與苦難的幽谷。

媽媽在甲仙過得好不好呢？還有那位在芭樂樹下為我揮手送行的阿珠妹妹，真希望她依舊住在甲仙，徜徉於那裡美麗的山水與田園風光。我眼睛看著灰濛濛的南港，內心深處不由自主地神遊甲仙。

我所住的南港是個髒兮兮的工業城，有人稱之為黑鄉，因為各種黑色與黑灰色的汙染物，如烏賊的墨汁一般，不斷地往各角落噴灑。

毗鄰南港而位於基隆河畔的垃圾山，有十多層樓高，全部臺北人的垃圾天天往這裡堆，變成超級「大烏賊」。但我想不到有不少人以撿拾這裡的垃圾維生，甚至就住在垃圾山腳，靠「山」吃山。

垃圾山周圍的南港臺肥六廠、啟業化公司、輪胎廠等也不甘示弱，伸展它們一根比一根高大的煙囪，競相排放各種髒臭的氣體，地方民眾經常被空氣中的化學揮發物刺激得淚流不止。

我住家旁邊有間頗具規模的鋼鐵工廠，散發的濃煙，天天瀰漫整個住宅社區，工廠機器還不斷賣力地發出軋軋的噪音，有如大地的呻吟，令人難以忍受。南港這類工廠很多，忙到半夜還不休息。

這裡吸引了許多像父親這種兩手空空的外省人來租間小窩，再到工廠分早、中、晚三班做工，天天灰頭土臉地賺取微薄的工資。

父親朋友中有一個下班後再去賣臭豆腐的單身漢，受不了貧窮的苦日子而上吊自殺；還有個鄰居，偶爾會跟我聊聊天，可能也是同樣原因，走上自行了斷的路。

父親收入非常有限，我三餐主要靠他給的一點錢到外頭買來吃。有一天他交給我十元一張鈔票，無可奈何地說道：「我把身上一半的錢都分給你了，你要省著用到月底。」

我的媽呀！到月底還有約十天，要如何省著用呢？好在那時一個菠蘿麵包只要五角，不然我必餓死無疑。

父子倆同擠在一個小房間住，但生活有如在平行時空，各過各的。父親下班時間不定，輪到大夜班時段，要工作到天亮。下班後他必先在工廠洗好澡，再到外頭用餐，一回到家就蒙頭大睡。

我也把那間小窩當作只是個睡覺的地方，每天搭火車遠赴基隆上學，放學後，扔下書包就往外跑，而漫畫書出租店是最吸引我逗留的地方。

漫畫書以前在育幼院想看而不可得，現在報復式地拚命看。留在店內租書來看比較便宜，我常坐在小板凳上一本接著一本翻，待到書店打烊了才回家。有時把用來買三餐的錢用盡，也在所不惜。一兩年下來，南港各店家的漫畫書都快被我看完了。

我到基隆念的初級中學，是經過入學測驗的，由於成績不佳，被安排在都是男生的放牛班上課。放牛之名來自「放牛吃草」，表示放任不管，所以學生必須有夠「牛」，才能突破各種困境。

剛去上學時，跟我同搭火車上下學的一個同學，有個高聳的鼻子，可能看我是個窮小子，很喜歡找我麻煩。我要穿越教室桌椅間的狹小走道時，他常故意坐在課桌上再抬起他的腿，不讓我通過，要我跟他理論一陣子才放行。

起初我只當高鼻子同學是逗著我玩，但他一而再再而三地對我做同樣挑釁的動作後，我才斷定他是看我好欺負，想出我的洋相。

有一回同搭火車回家，他又玩起同樣的把戲，在車廂走道上抬起大腿，擋住我的去路，這次我遏制不住怒氣，一句話都不說，輪起雙拳就往他臉上猛打，一連打了十多拳，他先用雙手抱頭保護，然後蹲下低頭哀號，鼻孔流出大量的血。

我跟人打架從沒有如此兇狠，好像要把命運不順利所帶來的怨氣全發洩到倒楣的高鼻子同學身上。大家都說暴力無法解決問題，但這次很管用，以後高鼻子同學，看到我就閃得遠遠的，連眼光都避開，他可能心想：「碰到一個瘋子！」

其實，我由育幼院帶來的那一點「武風」，在我讀的初中放牛班中根本算是小兒科。

不少放牛班的學生拉幫結派，小刀與扁鑽藏身，不管是在校內或校外，一言不合就打起群架，打不過就找外力介入。這些暴力事件又常跟爭風吃醋有關，成為學校棘手問題，但很奇妙，碰到這種事，學校老師多半視而不見。

我們放牛班導師是個喜好穿長袍的國文老師，看起來和眉善目，然而可以含著菸斗，雙手攏在長衣袖內，氣定神閒地走過教室走廊，任憑教室裡面有數名學生正在大打出手。

暴力以外，放牛班學生又常捉弄女老師，而女老師那種萬事漠不關心的奇特反應，也讓我大開眼界。

若干名坐在教室後排的學生，遇到女老師的課就事先畫好一幅猥褻的圖，放在講桌上，不然用粉筆大剌剌地畫在黑板上。女老師進教室後的處理方式很簡單，就是把畫紙揉起來扔掉，在黑板上的，用板擦抹去，只當作沒有發生任何事。

另有人天天帶面小鏡子，女老師上課時，偷偷用鏡子照她的裙底。女老師知道後，大都罵罵就算了，有的乾脆假裝不知情，讓事情不了了之。學生們看了紛紛低頭竊笑，更鼓勵了這種惡作劇行為。

可是，這些調皮的初中生在基隆火車站碰到一些使壞更進階的某校高職生，如同小巫見大巫。

那些高職生，把大盤帽兩側往下拗成船形，上衣下襬的一半放在皮帶外，鈕釦只扣一兩顆，卡其褲管窄又短，露出沒有穿襪的一截小腿，書包蓋的帆布邊切割成會晃動的流蘇，叼著菸也有，吊兒郎當地結夥走進火車站。

他們都在放學時集體亮相，好像持有古時大官出巡用的開道神器：「迴避」、「肅靜」虎頭告示牌，車站內的旅客一看到他們，會自動閃遠一點。

這批高職生通常以這種逼人的氣勢占據了最後一節的火車廂，一般乘客看到他們的樣子，即使車廂內仍有許多座位，沒有人敢移步到那裡坐。

有一回火車啟動了，我站在車廂間的通道上，由那裡的出入口欣賞車外不停變化的風光。有位其他學校的初中女生經過我身邊，進入最後那節車廂，走到了一半，她感到現場氣氛不對勁，急忙繼續往下走，看來她誤以為有另一節車廂，沒想進入通道後而困在那裡。

車廂中三個壞蛋高職生突然衝到那個通道，拉門一關起來，就開始圍攻那名受困的女生，女生大聲尖叫，我隔著玻璃窗可以看到她拚命揮手掙扎與抵擋，車廂內其他學生則夾雜地叫好起鬨，我才瞭解原來她是遭到襲胸一類的性侵害。

我從未看過這種陣仗，一時驚得目瞪口呆，轉頭要去找車上的查票員救援時，火車剛好靠站，那名受害女生亂髮蓬鬆，臉頰脹得通紅，神情既驚且怒，喘著大氣從出入口跳下車後倉皇逃走。

三名施暴者立即往其他車廂竄逃，經過我身邊時，我忍不住對著他們大罵：「大壞蛋！」他們也許在騷動中沒有聽到，或者急於脫離現場而無暇理會我，不然我很有可能惹上麻煩。

過沒有幾天，我放學搭火車回家時，站在倒數第二節車廂內，有個同校同年級的女生左顧右盼地找座位，從我旁邊走過，再一直往最後一節車廂的方向走，我趕忙跟過去勸阻，沒想到她杏眼圓睜，對我很不客氣地說：「你想幹什麼？我又不認識你。」

我急切地靠近她，低聲說明上次我看到的暴力事件。

她揚起雙眉，澄澈明亮大眼中那烏漆的眼珠轉了一轉，立即踏上車廂的通道，隔著拉門玻璃視窗，看看最後一節車廂裡面的情形，回頭對我仍是半信半疑的表情，但柔和地說道：「裡面座位上也有一些女生，人家好好地在一起聊天。看來沒有什麼問題呀！」

她聲音悅耳動聽，眼波流轉之際，散發少女的媚態。我擔心她誤以為我假借議題搭訕，以誠懇的語氣緩緩說道：「不騙妳啦，那些高職生少沾為妙。」她嘴脣上翹地說：「誰要去沾他們，只是去找座位。」

安全至上，她最後決定跟我留在同一車廂，而且就站在我身邊，我真擔心她聽到我心臟因為跳動過於劇烈而發出的撲通撲通聲音。

我們不必自我介紹，制服胸口上都繡了姓名，她是陳秀芳，住在汐止，比我早一站下車。下車時她回頭對我眨眨眼睛，嫣然一笑，再揮揮手，這個動作隱隱約約又讓我想到了甲仙芭樂樹下的阿珠妹妹。

以後上下學我們都在火車上見，她長相清秀，有讓人難以拒絕的動人眼神，但在自信的笑容中仍有一絲落寞出現在眉心之間。我心想：「看她的模樣與穿著光鮮整潔的制服，一定有個幸福的家，還有什麼不滿意的？」

陳秀芳很用功，在車上必埋頭讀書，甚至常看一些簡易英語世界名著如「The Happy Prince」、「Little Women」、「Alice in Wonderland」等，因此我很難跟她多談一些話，有時她只是抬頭勉強擠出一點笑容，應付我一下。

不知道她是真的不明白還是要測測我的實力，有一回她突然湊過頭來，指著英文小說中的一個短句：「Her clothes are in rags.」問我是什麼意思，我的天！這一下丟臉了，只好脹紅著臉說：「不知道欸。」

她竟然再接再厲問我另一句：「He fell sound asleep.」我只得以誠實為盾牌，對她表白：「拜託！我英文很爛，請不要再問我英文了。」我苦笑不已，心中不禁長嘆：「罷了！罷了！千年道行，毀於一旦。」

在初中放牛班課堂上，我傳承小學名次倒數的「遺緒」，功課也是由後面來算的，各科都很差。如今好死不死地，在陳秀芳前露了馬腳，或者也可稱之為牛腳？

我天天鬼混不讀教科書，到了初中升三級時遭到留級，必須重讀二年級，加入九年國民義務教育第一屆學生行列。我從此搭火車時看不到陳秀芳的身影才敢上車，制服上仍繡著代表二年級的兩條槓，實在見不得人。難怪有人說「書中自有顏如玉」。

留級後我仍然被安排到所謂的放牛班，痛定思痛，發現由幼小到青少年，我浪費了太多學習的時間與機會，不好的環境不能一直成為不用功的藉口。從此用功讀書，每天放學後讀到凌晨一兩點，早上不到六時就要起床，趕火車上學，相當辛苦。

留級後第一次月考，我名列放牛班的第一，信心大增：「原來我也可以考好。」再繼續死讀下去，用功了兩年，最後考取了臺北市某公立高中，不是明星學校，勉強算是中段的，但我已相當滿意。

因為我在基隆讀的那個放牛班，只有我敢單刀赴會，自行到臺北市報名，參加高級中學聯合招生的測驗，而且上了榜，其他能考上北聯的同學都是所謂菁英班的學生，由學校協助集體報名。

高中聯考入學後沒有放牛班了，我由「雞首」變成「牛後」。高中同學個個氣質出眾，學養不差，許多從小看了不少課外書，讀了《水滸傳》、《三國演義》、《紅樓夢》等經典名著；翻閱了《簡愛》、《咆哮山莊》等翻譯文學的同學也不少。

若干學生常出國增廣見聞，通曉許多課外的事物，可以跟你談美國的自由女神像與巴黎的羅浮宮，不少西洋流行歌曲也能琅琅上口，顯然英文底子不錯。

有一次看到一個同學買了一分英文報紙坐在火車座位上打開閱讀，我坐在他對面，由報紙背面看到某版大標題寫著：「Refugees Nearing 100,000 Total In W. Berlin」我仔細讀了好幾遍，Oh my Gosh!我只看得懂阿拉伯數字和「In」。

這更加深了我的挫折感，只好阿Q式地自我安慰：「這傢伙一定只是在女生前面，裝模作樣地看英文報紙，唬唬人罷了。」

學校人才濟濟，最引全校同學注目的是「學生王子」，他上下學都有位標緻的女生陪伴，一路引來羨慕的眼光。他身材高䠷俊俏，在表演活動上，抱著吉他自彈自唱，風度翩翩。

與「王子」相伴的女生自然是「學生公主」了，有張晶瑩如玉的臉容，常參加校內外的鋼琴發表會。她氣質優雅，談吐機敏、活潑而幽默，功課又一直名列全校前幾名，愛慕者不計其數。

至於我，毫無才藝可言，談來談去不外乎漫畫中的四郎、真平、哭鐵面、笑鐵面、阿三哥、大嬸婆等，人家一說到什麼「少年維特的煩惱」、「杜斯妥也夫斯基」、「卡繆的荒謬哲學」等奇怪的名稱，我就傻了。我不禁感嘆：「我由起跑點一路輸到終點線。」

程度好的同學們在快樂中學習，我拚命追趕，到了高三越差越遠，不得不放棄大學聯考不好拿分的數學科，近一年不碰數學，只死讀背科，如國文、史地、三民主義等。

高中畢參加大學聯考，結果差一分即可考上排名最後的大學，我以「落榜頭」安慰自己，決定再讀一年重考，終於跌跌撞撞考上了理想的大學。

放榜當天，我趕到臺北火車站外廣場，那裡豎立了長排的公布欄，張貼各大學錄取榜單，找到我的姓名出現在第一志願的校系名單上時，我樂得手舞足蹈。

這是我人生第一次勝利，頓時讓我感到好像走出了幽暗黑谷，眼前一片光明。苦盡甘來的感覺，讓我熱淚盈眶。

我興奮地左思右想：「終於可以回去看看我出生的地方，尋找媽媽，再探訪親友，考上大學固然稱不上什麼衣錦還鄉，但多少可以增加一些光彩吧！」

我和父親各忙各的，很少溝通，經常數天說不到一句話，所以他根本不瞭解我的學習狀況，只知道我初中念放牛班念到留級，大學又重考。因此我能上國立一流的大學，令他感到十分意外，也以我為榮。

某日我看到父親寫了一封信給陶大友。這些年來，我有如在玩拼圖遊戲，由父親若干老朋友所透露的一些資訊，弄清了所謂的「假爸爸」與「真爸爸」的來龍去脈，瞭解他們由大陸到臺灣的恩怨情仇與圍繞我媽媽所發生的「三角戀」故事，所以我知道陶大友是誰。

陶大友在中央政府某部門工作。他是陶陽的叔叔，也是父親在大陸故鄉的老師。父親寫信給他，自然是告訴他我考上了理想大學這個好消息，但我立即想到，我應該可以由回信的內容中探尋到跟媽媽連繫的線索。

終於等到了回信，擔心父親看了以後隨手銷毀，我搶先拆開來看，內容大都是表揚我上了大學，父親善盡責任這類恭維的話，其中果然提到了陶陽已由甲仙大田村舉家搬到了臺北。

原來我媽媽人在臺北，與我相距並不遠。信中「甲仙大田村」五個字，衝擊我的心，它不僅是個線索，更是一把鑰匙，將可以為我打開走向另一個世界的門。

現在我有三條路線找到媽媽，第一是直接問我父親；第二是拜訪與請教陶大友，我由他回父親的信件得到他的地址；第三是往甲仙走，我只要有「大田村」這個線索加上幼時一點的記憶，就可以找到溫家，那裡的親戚一定有媽媽在臺北的地址。

單刀直入式地詢問父親，看來最簡單，但直接拆穿他的謊言，揭開他至今尚未癒合的舊瘡疤，必然引發衝突與傷害。經我多年的推敲，我漸漸明瞭他內心深處幽暗與敏感的一面。

十多年前父親騙我說媽媽因車禍死亡，力圖切斷我跟甲仙的關係與尋根的想望，因為他擔心我一旦明白媽媽仍在世，很可能會離開他而一去不復返，媽媽那裡也必定會慫恿我落葉歸根。

約一年前我對父親表達了多年來埋在心中的不滿，我盡可能壓抑心頭的激動，語氣嚴肅而緩緩地問道：「當年我在甲仙好好的，你為什麼要把我從親生父母身邊帶走？」

父親一時之間，面容變得蒼白與慌張，說話聲音結巴而斷斷續續：「誰⋯對你⋯胡說這⋯些事？你當然是我⋯我當然是你⋯。」

他手足無措，接著一如往常地，掩面長嘆，陷入痛苦的思索中而不知道該講什麼好。

假使我再追問他：「為什麼欺騙了我十多年？」「是不是以報復心態把我帶離媽媽？」這無異會在他心中的傷口上再戮數刀，我真有點害怕他再度精神崩潰。

他當年受了天大的屈辱，遭遇了許多苦難與煎熬，是個不幸的人，我實在不願再傷害他，也不想由他口中，聽到一個難以自圓其說的理由來。

我和父親在那次不愉快的交談以後，都不想糾纏在這件事上而談話更少，關係更為冰冷。其實，往事已矣，我跟父親一起受苦多年，這種飽經憂患的父子關係，已拆不開了。

而陶陽這位親生爸爸，對我來說，是個面貌模糊的陌生人，他會不會是我惡夢中，推我墜入地洞的黑影呢？如果他當年要留下我，媽媽一定不會讓我離開甲仙而四處流浪。

我受困地洞中的那個不愉快的夢，如今越來越少出現，相信很快就要隨風而去。

我的尋母記，固然一一揭露了人性的弱點與醜陋，但是，也成為一段療程。我慢慢明白，我必須平心靜氣地接受它們與它們所帶來的傷害，先學習與它們和平共處，進而想辦法改變或減少負面的影響，使身心往較為健康的方向發展。

經多方考量後，我決定放棄透過追問父親這條可能引發衝突的途徑來尋找媽媽。

至於去詢問陶大友，我能想像到，他很可能臉色沉重而無可奈何地說：「為什麼不直接去問你父親？」他一定不願牽扯上複雜的糾紛而拒絕我的要求。我大可不必去浪費這個時間與精力。

看來第三條路最為可行，直接南下拜訪一直讓我神往的甲仙，拿到媽媽的地址後，再回到臺北。這迂迴路線反而是找到媽媽的最短距離，並且能一舉實現我歸鄉與尋母的夢。

這個夢的實現還要等一個半月，因為我要到臺中烏日成功嶺，接受軍式訓練。這是所有年輕人進入大學前的必修課。

學生集體由臺北搭火車前往成功嶺。在火車上，我碰到一年未見的高中同學，他也要去受訓。在高中時我們交情不錯，他約略瞭解我的往事。他對我說：「阿牛，你在育幼院生活多年，應該很能適應軍事化的集體式生活。」

「老兄，你完全弄錯了，我十分討厭而不適應集體式的生活，在育幼院大家擠在一塊兒吃飯、睡覺、洗澡，那不是生活，是一群人住在一起互相虐待。我回想當年，常會不由自主地可憐自己。」我特意說得誇張一些。

「我希望生活在一個小家庭，有個長滿綠草的小庭院，小花在陽光普照下招展，我自由自在，還可以爬上附近的一棵大樹觀看夕陽下山。」我心神嚮往地說。

他笑著回應：「有誰不想要過這種快樂似神仙的生活？」

但是，沒想到在育幼院生活多年，倒是學到了一個「本領」，到成功嶺受軍式訓練時相當管用，那就是勇於喝自來水。

軍訓課如單兵戰鬥教練、匍匐前進、打靶與刺槍術等，都在大太陽下的野外舉行，令整個連隊一百多名成員個個渴得受不了，叫苦連天。好不容易挨到短暫休息時間，我總是第一個跑去廁所，大口大口從水籠頭喝自來水，再洗把臉。

在下節課開始之前，我不但喝足了水，也早躲在蔭涼處自在地休息了好一陣子。

至於其他學員一窩蜂排隊搶喝那裝在塑膠桶內的開水，不少人到了休息時間快結束時才喝到水，但緊接著又要戴上鋼盔背起那約有五公斤重的M1半自動步槍上課了，真的很累人。

有時教育班長不知道是不是故意的，只提來了半桶水，雖限制每人只能喝一杯，但排到後面的可憐學員常沒水可喝，然後教育班長就搬出「不合理的要求是磨練」這類陳腔濫調。

那位在火車上相遇的高中同學跟我同連隊，某次下課後也離開搶水行列，跟我跑去喝自來水，可是，他用雙手捧起水時「哇」的大叫一聲，接著說：「水好濁，都是灰沙，必定有成千上萬的寄生蟲，我實在喝不下去！」

成功嶺結訓後，我完成了我的成年禮，告別了陰鬱的童年與少年，我有如從滿布泥漿的地洞中掙扎地爬了出來，正要以一個明澈清朗的姿態，持著那把「甲仙大田村」鑰匙，打開另一扇門。

# 回甲仙尋母

我離開了成功嶺，北上回到南港，整理好行李，即興致高昂地搭南向火車踏上返鄉之旅。

火車抵達高雄，再換乘前往甲仙的客運。車子在蜿蜒於山腰的道路上行駛，當我看到夕陽照射碧綠的谷地與銀色的河川，而水稻、香蕉樹、芋頭、甘蔗與茅草屋等都鑲上了金光，我立即知道，甲仙到了！我夢寐以求的故鄉。

下車後，當地人告訴我，沿著田邊的一條馬路走二十分鐘就可到達「大田村」，這簡單而樸實的地名是我返鄉尋母的線索，現在派上用場。

我提著行李漫步而行，田間翠綠色的一叢叢稻子與夕陽餘暉共舞，稻下的水面映著耀眼的霞光。經過一間土地公廟，看到前面小岔路旁有幾棵粗壯的芭樂樹，樹梢隨著秋風擺動，十六年前，阿珠妹妹就在這裡跟我揮手道別。

我站在岔路口的芭樂樹旁，靜靜地享受這段美好的回憶與溫馨的感覺。一會兒，我聽到不遠處傳來細微的談話聲音，抬頭望見馬路下方有一女攙扶著一名男性長者，十分緩慢地背著夕陽向我走來。

長者身形傴僂且削瘦，顫顫微微地握著手杖，看到我立即停下腳步問道：「少年家！你按佗位來？」我馬上認出來，他就是我的阿公，我媽媽的父親，我興奮地大叫：「阿公！我是阿牛啦！」

此時，天更暗了一些，阿公先蹙眉瞇著眼看了我一陣子，立即滿心歡喜地抱著我說：「阿牛啊！遮爾仔大漢了，阮認不出來啦！」

然後他介紹身邊的少女說：「伊是阿珠啦，阮厝邊蔡家的大查某囡仔。你細漢時，伊三不五時跟你鬥陣呷你阿母的奶，你可能嘸記憶了。」

「阿牛哥，我都還記得你呢。」阿珠說話時，摘下披著包巾的斗笠，輕輕掠了一下頭髮，再走近我一點。我看著她笑咪咪的臉，滿心歡喜地說：「我離開甲仙時，妳就在這裡跟我揮手再見，我怎麼會不記得妳呢？」

阿珠雙頰飛起一片紅霞。她村姑造型，皮膚曬得很黑，瀏海迎著秋風飄動，眉梢眼角洋溢著自信與活潑，濃濃笑意的一雙烏黑眸子，給人一種暖洋洋的感覺。

她指著田邊不遠處的農舍緩緩地說：「我家就在那裡，我要先回去了，換你送阿公回去，明天再去阿公家找你。」她轉頭望向她家時，秀髮揚起，在霞光中揚起一片燦爛。

阿公接受阿珠爸爸招待，到她家吃晚餐，並和她父親一起喝了不少酒，餐後阿珠護送他回家，現在她把這個任務交給我，要讓我們這對十多年未見的祖孫有更多交談機會。

她戴上斗笠，轉身離開，再回眸揮一揮手，跟她十六年前的動作一個樣。我目送她曼妙的身影消失在朦朧暮色中。

當晚我到阿公家跟親戚們談到很晚，談的多半是我幼時在甲仙生活的點點滴滴，為我找回許多失去的記憶。大家很關心我父親目前的狀況，然而，擔心觸碰我內心的傷痕，他們盡可能避開有關我媽媽的話題。

就寢前，阿公把我媽媽在臺北的地址抄寫給我，再引導我走進一間有通鋪的小臥房，他說，我就是在這裡出生的，我十六年前離開甲仙前的年幼時光，也大都睡在這裡。

我小時在這裡學的客家話幾乎全忘光了，他們要我洗澡，我聽成「寫信」，客語「走馬該」是指「做什麼」，我以為是「坐馬桶蓋」，但「細妹」是指小妹，「按靚」的意思是很漂亮，這些我依稀記得。

我躺在自己出生的床上進入夢鄉，睡得分外酣暢，但天未亮就聽到外面有人走動的聲音，應該是正要外出工作。我於是伸伸懶腰，跟著起來，第一個念頭是想到阿珠家附近走走，此時天際僅透露隱隱約約的晨曦，所以我並不寄望會碰到她。

沒想到我踏出阿公家門沒幾步，就看到阿珠彎著腰在地瓜園採集地瓜葉，為了搬運它們，她把葉子疊成兩堆，每堆足足有一個人高，再用繩子綁起來，成為兩捆。她一看到我就笑著說：「阿牛哥早，我爸爸說，要請你到我家吃早餐。」

她一邊說一邊把扁擔兩端各插上一捆地瓜葉，人彎腰到扁擔下，要以肩扛起來。我回應說道：「謝謝啦！我正想去妳家看看。但我可不可以幫妳扛地瓜葉回家呢？看起來很重，妳扛得起來？」

阿珠笑得前仰後合，此時，天際由混沌變為明亮，朝霞的光輝照在她臉容，更為燦爛，令人目為之眩。她說：「我常常扛這麼多地瓜葉回家，沒有問題的。」

我堅持表示想試試看，於是彎下腰鑽到扁擔下，使盡力氣扛起了兩捆地瓜葉。然而，沒走幾步，我感到肩膀被扁擔壓得奇痛無比，我對阿珠開玩笑地說：「哇！真受不了，妳家要妳做這種事，根本是虐待童工。」

我想要表現一點男子氣概，忍著肩痛扛下去，但阿珠嫌我走得太慢，由我肩上接下扁擔，加大步伐快走回家，她矯健的身手，令我感到十分不好意思。她家有個豬舍養了數頭豬，地瓜葉主要是來餵豬的，當然挑些細嫩的，人吃起來也十分可口。

阿珠父母已外出下田了，她放下兩捆地瓜葉，就下廚弄早餐，炒地瓜葉之外，另有荷包蛋、鹹魚等來配地瓜稀飯。我們面對面坐著一起吃，我心情興奮，說話時有點結巴，她眼波流轉，話說個不停。

阿珠在地方上的農會擔任會計，還要幫忙作農與家務，十分辛苦。以前更忙，要照顧兩個妹妹一個弟弟，現在弟妹長大到可以自己照顧自己了，於是我對她說：「為何不到臺北來工作？臺北有太多好玩的地方。」

對我的這個建議，阿珠用明媚的眼睛望著我，幾乎毫不猶豫地點了點頭回應：「好啊！我一直想去臺北工作。」她快人快語，令我一時興奮得說不出話來，全身酥酥地，心頭甜絲絲地，連早餐都無心吃完。最後，我們相約在臺北見。

早餐後，要去上班前，她回頭跟我說：「我下午會跟農會請假，帶你到處走走，甲仙好玩的地方也很多哦！」她顧盼生姿令我心神俱醉，我心想：「我一定得到了上天的眷顧，才能認識阿珠這麼美好的女孩。」

當天下午，晴空萬里，阿珠帶我騎自行車到處逛，穿梭在古老的農宅間，並去參觀一些綠草如茵、繁花似錦的園地。我們在一間巍峨的寺廟前停下來，她進去雙手合十膜拜，我跟著她做。她很虔誠地說：「媽媽常帶我來此拜拜。」

我們再沿著河旁一條寧靜的小路騎車，滔滔河水在崎嶇岩石間旋起許多水渦，並在烈日下泛起層層銀色浪花，河邊一簇簇由石縫中長出來的潔白蘆花也在陽光掩映中微微搖曳。

她指著河對岸峭壁連綿的山坡地，說道：「以前爸爸常帶我過河到那裡種芋薯薯，要小心踩著石頭過河，河水一漲就過不去了。你看！那邊的山，蒼翠的森林很美吧！是我常去砍柴的地方。」

真難想像嬌小的阿珠攀爬上陡峭的山壁，在嶙峋的岩石中種植農作物，又提著柴刀隻身深入森林去砍柴，而她談起來，好像在回憶愉快的往事，我好欣賞她那種樂觀進取的生活態度。

她再帶我去參觀她以前讀的國中與國小，都是迷你型的學校，位於甲仙商店街區，我們到一家冰店享受甲仙有名的芋頭冰，她邊吃邊跟我說：「住在附近的學生都是家庭經濟較好的，像我這樣住在田中厝的就比較差，每天要走很長的路上下學。」

阿珠根本沒時間讀書，她每天放學回家放下書包就要幫忙父母做事，一直忙到上床休息，然而她由小學到國中成績一直很優秀。回想起我在育幼院鬼混，初中念放牛班，再由初中留級到國中，和她一比較，令我感到相當丟臉。

自行車之旅結束時天色晚了，我要去阿公家吃飯，阿珠神祕地對我招招手說：「晚飯後來找我，我帶你去水田玩一個十分有趣的遊戲，你一定會很喜歡。」她的聲音有著無比的說服力。

我跟著阿珠遊玩了大半天，發現甲仙對她來說，有如蘊藏無限樂趣的遊戲場。我很想知道又有什麼好玩的，在阿公家草草吃了飯，放下碗筷就匆匆趕到她家。

沒想到我看到她正用一根魚網，由她家後面的露天化糞池撈出一些糞便，哇！真噁心！我滿腹疑雲地問她：「弄這種髒東西幹什麼？看起來一點都不好玩。」

她抬頭對著我不好意思地笑了一下，說道：「我在捉釣青蛙的餌。」然後她把裝糞的魚網移到旁邊的一個水籠頭下，讓自來水沖洗一陣子，糞便濾掉了，可以看到許多蛆在網底蠕動，我逗她說道：「真好玩！我晚餐快吐出來了！」

她噗哧地笑起來說：「也可以用蚯蚓來釣青蛙與魚兒，但蛆比較容易取得。今晚釣青蛙後剩下來的蛆，明天帶你去釣魚時也用得上。不用擔心，我會把蛆洗得很乾淨。這裡家家戶戶都用糞便作為菜肥，只要處理得當，不會有什麼衛生上的問題。」

以前我只認識癩蛤蟆，在育幼院時，牠們常成群出動，院童不懂事，覺得牠們長相醜，常競相拿石塊砸牠們。青蛙外表好看許多，又可料理成美食。

她家有許多約三十公分長的小釣竿，掛著綁有魚勾的魚線。她把洗淨後白裡透黃的蛆一一插在勾子上，然後要求我抱著那些小釣竿，跟著她往水田走。那時天色已全黑了，蟲鳴蛙聲由四面八方而來，十分悅耳。

阿珠斜背著一種可以充電的照明燈，懸掛在她的腰際，照亮田間小路，她身手靈活地走在我前面，一選擇好地點就停住腳步，由我懷中取出一根釣竿，插在田埂上。

蛆生命力很強，一直在勾子上扭動，被魚線懸在離水面約十公分高處，她說：「青蛙跳出水面吃蛆，就上鉤了。」

我們繞行了幾個水田，插了十多根釣竿就回到她家。等候收穫的時候，她招待我吃一些水果。時間差不多了，她再背上照明燈，拿起一個空水桶要我提著，共同去水田回收青蛙。

我們的收穫十分成功，幾乎每根釣竿都有青蛙上鉤，一一放到水桶內提回家，沉甸甸的，阿珠說：「目前不是青蛙旺季，不然我會插更多釣竿。」

第二天阿珠又請假陪我。我們到她家附近的養魚池釣吳郭魚，這是我第一次釣魚，每次有魚上鉤就開懷大笑，我好久沒有這樣開心了。我們的桶子很快裝滿了魚，提回去準備下鍋。

到了廚房，阿珠拒絕我的協助，認為我沒有經驗會越幫越忙。她快手快腳地料理那些魚與前一晚釣來的青蛙，她的每個動作，都令我賞心悅目。午餐時間到了，她由廚房端出來的菜餚十分豐富，有紅燒魚、糖醋魚、炒青蛙與蒜頭青蛙湯等。

下午時分，艷陽高照，茂密的甘蔗田成為我們另一個探險的地方。幼小時，這裡有如迷宮的甘蔗田成為禁地，大人們不准我鑽進去玩，我稍微靠近它都會感到有點毛毛的。

今天舊地重遊，感覺完全不同。甘蔗生氣勃勃的細長葉子有如翠綠色的羽毛，隨風為我們跳起迎賓舞；濃密的蔗田，變成可供我們尋幽訪勝的樂園。

阿珠戴上斗笠，穿好手套，提著鐮刀，動作伶俐地引導我入園，踏上滿地落葉而輕風吹拂的小徑，令我心曠神怡。陽光閃爍，斑駁的葉影在她白襯衣上舞動，使她緊緻的身材更為迷人。

她選擇了粗細均勻而外表黑中帶紫的一根甘蔗，右手揚起鐮刀往下一揮，甘蔗應聲倒地。她由中段部位往根部削皮，露出潔白多汁的一段後，要我握住根部的一端，切下來給我，我由上端一口一口地往根部吃。

她接著削掉甘蔗上半部的葉子與外皮，跟著我大嚼特嚼了起來，發出輕脆的聲音，她邊吃邊對我說：「阿牛哥，你可能不知道，甘蔗是越接近根部的地方越甜。」

我們一連啃了三根甘蔗，肚脹到打飽嗝兒，我若有所思地說：「倒著吃甘蔗，果然是一節比一節甜。」

甘蔗大餐後，我們再去她家旁的龍眼樹摘一些晚熟的龍眼享用，它們的甜度不輸甘蔗，但另有一種清香的風味。就在龍眼樹下，阿珠跟我約定：「七、八月是龍眼旺季，明年暑假你一定要來這裡哦！除了龍眼，我另外會摘很多的大芒果、釋迦讓你享用。」

隔天我要回臺北準備入學，一大早，我告別了阿公等親戚，提著行李又走到岔路旁的芭樂樹下，阿珠已在那裡等了，兩人眼光在晨曦中交融，一切盡在不言中，這次我們快樂的揮手，帶走了幸福滿滿的約定。

阿珠答應我會很快離開甲仙，到臺北找工作，到臺北時，第一件事就是去找我。

我回到臺北的首要任務是去找媽媽。阿公給我的地址，那也是一把鑰匙。透過它可以打開另一扇門，協助我走出人生的幽暗蔭谷。

十六年前，我離開媽媽時，滿懷被拋棄的驚恐。現在的我，帶著興奮與期待的心情，由南港搭公車出發，下車後依手持的地址踏進一條幽靜的小馬路，沿路是連棟的民宅，走到了盡頭，門牌上的編號，標示了媽媽住的地方。

那是一間昏暗的傳統雜貨店，令我回想起，當年我隻身孤影告別媽媽時，她守候的那間茅草屋滿布淒楚陰沉的氣氛。當時，我內心激盪，有滿腹的疑問要表達，但母子竟是無言以對。

我定下神來，回到現實，心想媽媽這次會跟我說什麼呢？我是不會埋怨她對我所做的一切。母子重逢了，我要揮別過去的陰陰鬱鬱，走向新的未來。畢竟，十六年前，她只是一個鄉間少婦，能扛得住多少？

雜貨店前馬路旁，有兩個小朋友正俯伏在地上玩彈珠，個頭兒較大的穿著國中的制服。由他們的樣貌，我馬上可以認出他們就是我的胞弟，但他們並沒有注意到我的靠近。

我彎下腰，盡量把聲音放得十分平靜，向他們問道：「你們是溫春妹的孩子嗎？」媽媽的姓名原本只是我身分證上冷冰冰的三個字，如今要變成活生生的人。

他們抬頭瞇著眼看我，然後異口同聲地回應：「是啊！那你是誰？」

我忍不住笑出聲來，說道：「我是你們的大哥，從小就被送給人家，所以我們沒有在一起生活和長大。」

穿制服的弟弟，站起來睜大眼睛打量了我一會兒，立即掉頭衝進雜貨店，放開嗓門對著裡面喊叫：「媽媽！媽媽！大大哥回來了！」

# 後記

我和媽媽重逢了，媽媽含著淚告訴我，她以前不得不放手讓我離開故鄉的往事。

唉！過去的風風雨雨，就讓它過去吧！我已是個夠堅強的「阿牛」，不再是那個天天哭喊著要媽媽或找爸爸的可憐兒。我回到故鄉，又找到媽媽，已為自己的人生完成了重要的拼圖，放眼望去，前面一片新綠，有太多值得我繼續不斷追尋的美景。

只是，每當聽到專家、學者說到「健康的性格來自健康的成長環境」以及「性格決定命運」這一類的言論，我依舊常會惶惶不安地想，自己是不是太自閉？會不會太悲觀？有沒有患疑心病？如果我再扯上什麼「被害妄想症」，那可真的是人生的大悲劇。

事實上，我早在「新冠病毒」尚未大流行之前，就已自我設限，跟周遭的人保持了相當遠的「社交距離」，自以為這樣比較安全自在，但這種態度難免「顧人怨」。可能運氣算好吧，雖然因此有些波折，我總算能順利完成學業，再由職場全身而退。

奇妙的事情，出現在人生的後半場，一顆知足感恩的心，不知道什麼時候，悄悄地在我的靈魂深處萌芽與滋長，而越來越能以歡欣喜樂的心情，看待每一天，並以豁達的態度對待每一人。我一點也不會懷疑，灌溉這朵心花的園丁，就是身邊的阿珠妹妹。

歸鄉時，我在芭樂樹下分岔路口遇見她，成為我的妻子後，她默默地為我灌注了無限的正能量。她小時候在貧困環境中所吃的苦，成為大補丸，讓她成年後能以寬容的心歡歡喜喜地過日子，而她的快樂傳染力特強，我自然受到莫大的影響。

阿珠妹妹是我的牽「牛」花，也是我腳邊的玫瑰，比天邊的彩虹更燦爛。

愛　生　活　0　5　9

# 阿牛的心

國家圖書館出版品預行編目（CIP）資料

阿牛的心 / 阿牛著 . -- 初版 . -- 臺北市 : 健行文化出版事業有限公司出版 : 九歌出版社有限公司發行 , 2021.08

面；　公分 . -- ( 愛生活 ; 59)

ISBN 978-986-06511-7-1( 平裝 )

863.57　　110010300

作者── 阿牛
責任編輯── 曾敏英
發行人── 蔡澤蘋
出版── 健行文化出版事業有限公司
台北市 105 八德路 3 段 12 巷 57 弄 40 號
電話／ 02-25776564・傳真／ 02-25789205
郵政劃撥／ 0112263-4

九歌文學網　www.chiuko.com.tw

印刷── 晨捷印製股份有限公司
法律顧問── 龍躍天律師 ・ 蕭雄淋律師 ・ 董安丹律師
初版── 2021 年 08 月
定價── 280 元
書號── 0207059
ISBN── 978-986-06511-7-1
●本書獲財團法人億光文化基金會贊助出版